Aus Freude am Lesen

Kabul, Afghanistan: Der Schreiber Alfred und der Schuster Simon sind die letzten Juden Kabuls. Die beiden sind das, was man gemeinhin komische Käuze nennt. Sie mögen sich nicht, sind aber aufeinander angewiesen, wenn die jüdischen Riten und Feste gefeiert werden wollen. Also kommen sie – mit einer gehörigen Portion Zynismus – miteinander aus. Eines Tages sucht die junge Afghanin Naema Hilfe bei Alfred: Sie hat eine Liebesnacht mit dem amerikanischen Journalisten Peter verbracht und ist nun schwanger. Wenn ihre Familie die Schwangerschaft bemerkt, wird man sie steinigen. Aber Naema ist sich sicher, dass Peter sie zu sich holt, wenn sie ihm, mit Alfreds Hilfe, einen Brief schreibt – ein unerwarteter Einbruch von Leidenschaft, der das Leben von Alfred und Simon völlig durcheinander bringt. Eine mitreißende und anrührende Geschichte über offenen Fanatismus und versteckte Freundschaft, über die falschen Versprechen und die zarten Regungen der Liebe.

Amanda Sthers wurde 1978 in Paris geboren. Sie ist Schriftstellerin, Drehbuch- und Theaterautorin. Ihr Theaterstück »Le vieux juif blonde« war ein riesiger Erfolg in Frankreich, ihr Roman »Die Geisterstraße« ist in über 10 Sprachen übersetzt. Im Luchterhand Literaturverlag erschien zuletzt »Schweine züchten in Nazareth«.

Amanda Sthers

Die Geisterstraße

Roman

Aus dem Französischen von
Karin Ehrhardt

btb

Die Originalausgabe erschien 2005 unter dem Titel *Chicken Street* bei Éditions Grasset & Fasquelle, Paris.

Verlagsgruppe Random House FSC-DEU-0100
Das für dieses Buch verwendete
FSC®-zertifizierte Papier *Pamo House*
liefert Arctic Paper Mochenwangen GmbH.

1. Auflage
Genehmigte Taschenbuchausgabe Oktober 2011,
btb Verlag in der Verlagsgruppe Random House GmbH, München.

Umschlaggestaltung: semper smile, München nach einem Umschlagentwurf von R·M·E, Roland Eschlbeck
Umschlagmotiv: © Tomasz Tomaszewski/buchcover.com
Druck und Einband: CPI – Clausen & Bosse, Leck
MM · Herstellung: BB
Printed in Germany
ISBN 978-3-442-74248-6

www.btb-verlag.de

Für Oscar, für seinen Papa,
für das Herz, das in meinem schlägt.

»Ich weiß nicht, ob es Gott gibt,
aber wenn ja, dann hoffe ich,
er hat eine gute Entschuldigung.«

WOODY ALLEN

Alfred ist tot. Begraben unter diesem Haufen Steine.

Es gab keine richtige Beerdigung für ihn. Kein Grab, niemand wird sich an ihn erinnern.

Hier ist seine Geschichte. Hier ist meine Geschichte unter Alfreds Geschichte. Von nun an bin ich allein, und allein bin ich mit seinem Körper. Ich werde eine Rede halten. Ich werde über ihn sprechen. Ich werde beten. Ich werde mir die Männer vorstellen, die mit mir zusammen beten. Schon kann ich ihre Stimmen hören. Und ihre weinenden Frauen. Und Kinder, die spielen und nichts begreifen, die mit den Steinen spielen, die auf Alfred liegen. Alle zu einem Haufen aufgeschichtet, eng beieinander, eine ganze Welt, die auf dem kleinen Körper von Alfred liegt. Und die ganze Welt, ich weiß, schaut jetzt auf mich.

Hier ist, was ich mir ausgedacht habe. Hier ist, woran ich mich erinnere.

Hier ist das, was mir Peter Jahre später erzählte und ich mir zu Eigen machte. Für mich ist alles wahr. Von der Wahrheit mal abgesehen. Die Wahrheit, wie gern würde ich sie vergessen, damit sie mich nicht mehr jede Nacht aus dem Schlaf reißt.

Man hatte nicht das Gefühl, ihn von klein auf zu kennen, oder dass er Eltern gehabt hätte oder irgendwelche Angehörigen. Er hatte nie Besuch. Er hatte keine Reisepläne. Er sprach nie von einem Ort, den er gern wieder einmal gesehen hätte, von einem Dorf, einem kleinen Fleckchen Erde. Er erfand noch nicht einmal eines.

Nein, es war, als ob er immer schon so alt gewesen wäre, in diesem Alter, das man so schlecht schätzen kann. Alt, aber nicht besonders. Keiner von denen, die bald sterben würden. Im Übrigen sah Alfred ganz und gar nicht so aus, als würde er überhaupt sterben. Er war da, wie der Sand, wie die Steine, wie die bleierne Sonne. Er war Teil dieses verdammten Afghanistan, dieser Stadt Kabul, der er so sehr glich, ohne Alter auch sie, irgendwo zwischen Entkräftung und Geburt.

Er wohnte in der Chicken Street. Genauer, Chicken Street 21 oder 21a, denn er wohnte in einem Haus ohne Nummer, das direkt an 21 grenzte und von 23 durch eine nach Urin stinkende sandige Gasse getrennt war.

Die Nummer spielt auch keine Rolle. Niemand kann sich erinnern, dass er je Post bekommen hätte.

Vielleicht, weil niemand seine Adresse kannte?

Hatte es womöglich Briefe gegeben, die nie angekommen waren?

Alfred, der öffentliche Schreiber, der am Ende seines rechten Arms alle Geschichten des Viertels mit sich herumträgt.

Man spendiert ihm immer einen Tee, damit er etwas erzählt. Und Alfred redet, er sagt gerade so viel wie nötig, dass man ihn immer wieder einlädt. Nie mehr, nie weniger. Alfred will seine Kunden und ihre Probleme behalten.

Das war vor fünfzehn Jahren, jetzt ist Alfred tot.

Fünfzehn Jahre ist es her.

Ich mag Alfred nicht. Überhaupt nicht.

Ich lebe in einer schwarzen Stadt, wo der Himmel keine Chance hat. Einer Stadt mit zu viel Sonne und nicht der Spur eines Schattens, einer zu heißen, zu schmutzigen Stadt.

Ich wohne Chicken Street 23, auf der anderen Seite der stinkenden sandigen Gasse. Ich bekomme Post: einmal im Jahr ein Paket von meiner Schwester Huguette zu Rosh Hashanah und einmal pro Woche einen Brief, auch von meiner Schwester Huguette, einfach nur so, weil sie keine Kinder hat, aber eine jüdische Mutter ist; sie muss einfach irgendjemandem auf die Nerven gehen.

Zuerst dachte ich, sie übe nur, eines Tages bekäme sie einen dicken Bauch und ich weniger Briefe ... Aber jetzt ist sie vierzig, jetzt wird wohl nichts mehr daraus.

Wir haben nie darüber gesprochen. Sie schreibt mir jede Woche einen Brief, seit zwanzig Jahren, aber über die wirklich wichtigen Dinge steht nie etwas darin. Ich antworte ihr nur einmal im Jahr, zu Rosh Hashanah, und danke ihr für die Cowboystiefel. An diesem Tag lasse ich Alfred ein Foto von mir machen, in meinem Anzug, mit meiner Westernkrawatte und in den neuen Stiefeln. In dreizehn Jahren, wenn der Film voll ist, lasse ich alles auf einmal entwickeln und dann werde ich vierundzwanzig Cowboystiefel-Fotos haben mit meiner Visage am anderen Ende.

Schrankschloss auf und wahllos hineingegriffen:

Modell *Jolly Jumper*, mit aufgeprägten Flussfischen und goldenen Forellen unter den Schuhsohlen, geschenkt 1988.

Modell *Diligence Baby*, braunes geflochtenes Lassoleder, Messingabsätze, geschenkt 1992.

Modell *White Pony*, fast nie getragen, sehr empfindlich. Elfenbeinfarben mit hellblauen Nähten. Extraklasse. Geschenkt 1994.

Modell *Go Johnny go*, Cowboystiefel für den Tanz, schwarzes Glattleder mit roten Wildlederpfeilen. Klingende Sohlen, bringen die Country-Musik zum Schwingen. Im Iran einem amerikanischen Touristen abgekauft, ein Jahr vor dem Sturz des Schahs. Es gibt Stiefel zum Tragen, die wie eine zweite Haut sitzen, andere zum Angucken und wieder andere zum Polieren.

Und es gibt welche für Feiertage.

Heute Abend werde ich meine neuen Cowboystiefel einweihen. Gleich werde ich vorsichtig mein Paket zu Rosh Hashanah auspacken, und da sind sie dann …

Zu Rosh Hashanah und die ganze darauf folgende Woche bis Yom Kippur fühle ich mich verpflichtet, Alfred zu sehen, ihn zu besuchen, mit ihm zu sprechen. Warum in dieser Woche? Warum gerade zu dieser Zeit, Simon? (Simon, das ist mein Vorname, er ist von meinem Großvater, der an einem Schafsknochen erstickt ist.)

Eine stinkende Gasse schützt dich also, Simon?

Nein, nicht wirklich. An anderen Tagen habe ich kein Problem, Alfred völlig zu ignorieren, sogar gemein zu ihm zu sein, aber diese Woche ist heilig und es ist meine Pflicht, Alfred zu sehen. Weil er allein ist und ich auch. Weil jüdische Feste keinen Sinn machen, wenn man nicht eine große Familie ist, wenn die Küche nicht voller Gerüche und Gesang ist.

Wir sind die beiden einzigen Juden in Kabul. Wir sind die beiden einzigen Juden in Afghanistan. Eine Woche lang sind Alfred und ich gezwungen, uns an die Düfte zu erinnern, an das Geklirr von Gläsern und an das Lachen. Gezwungen, uns gemeinsam zu erinnern, damit es nach Freude aussieht. Shabbatbrot, in ein Tuch gewickelt. Das blaue Kleid meiner Schwester und ihr schüchternes Lächeln, mein Vater, der Teile des Gebets überspringt, weil er Hunger hat, die Hände meiner Mutter, die einander bearbeiten, Hauptsache, alles ist gut, Hauptsache, alle sind zufrieden.

Und Alfred spricht mit mir über Essen, nur über Essen, als hätten die Gesichter um uns herum keine Bedeutung, als gäbe es sie nicht. Einmal machte er so etwas wie ein leises Zuggeräusch, um dann wieder zu seinen *Kleindelers* und seinem gefüllten Karpfen zurückzukehren … Es machte uns froh, dass einer da war, der zuhörte. Wenn man seine Erinnerungen in sich hineinflüstert, wird man nur traurig.

Seit langem schon ist Alfred ein alter Mann. Er hat sich nie darauf verstanden, jung zu sein, und die Jugend ist nicht bei ihm geblieben, weder in seiner Seele noch in seinen Gesichtszügen. Sehr schnell war er gezeichnet, seine Haut erzählte ganze Geschichten. Nicht eine einzige hat ihn unversehrt gelassen. Und wenn sich auch manche Erinnerungen verflüchtigen, die Geschichte selbst lässt sich nieder, in seinen Falten, eine neben der anderen. Alfred ist ein alter Mann, der sich wohl fühlt in seiner Haut. Schon sehr früh machte er sich über alles lustig, vor allem über den Tod. Schon sehr früh gab er die Vorstellung auf, »etwas aus seinem Leben machen« zu wollen, etwas anderes als zu leben. Er sagte sich, dass er ein Nichts war, dass all die Menschen, die an ihre Existenz glaubten, nur weil sie sich geschäftig hin und her bewegten, noch unbedeutender waren als die namenlose Masse. Dass nur Menschenmengen existieren. Dass Massen, dass Völker existieren. Dass verlorene Gestalten auf einem Kahn inmitten von trüben, unerforschten Gewässern in einem höheren Maße existieren, als Leute aus dem Fernsehen, die man in den Straßen einer Hauptstadt wiedererkennt. Dass Helden nur deshalb existieren, weil es gewöhnliche Menschen gibt, die sich an sie erinnern. Dass das Leben an sich existiert, nicht die, die es verkörpern.

Und alt wie er war, und all dieses erkennend, lachte er und sagte sich, dass er gemächlich und weise leben würde, bequem gebettet in unsinnig vielen Gewohnheiten und Ritualen.

Er praktiziert das Judentum mit einer an Verzweiflung grenzenden Gewissenhaftigkeit. Er glaubt, es sei heiter und magisch.

Er sucht das Glück in den einfachen Dingen des Lebens. Wärme unter den Füßen. Gutes Essen. Freuden des Geistes, der Logik. Und der Genuss, sich nicht von der Zeit drängen zu lassen. Schlafen zu können und sich eines Tages das Recht herauszunehmen, nicht aufzuwachen.

Sind seine Nächte dann vorbei, legt er seine Tefillin an und spricht sein Morgengebet. Er trinkt seinen türkischen Kaffee, und der Duft, der sein Haus durchzieht, kündigt ihm einen Tag an wie alle anderen zuvor. Seine Gewohnheiten: für ihn sind sie wie Atemholen.

Freitagabends trägt Alfred seinen neuen Anzug – neu seit geraumer Zeit – und geht zu Fuß in die Synagoge.

Wenn es kalt ist, legt er noch einen roten Kaschmirpullover um seine Schultern. Unterwegs wird er gegrüßt. Und er antwortet mit *Shabbat shalom* den Menschen, die es nicht verstehen, die nichts von der Existenz einer Synagoge in Kabul wissen und manchmal noch nicht einmal vom Judentum.

Eigentlich kann man nicht guten Gewissens Synagoge dazu sagen. Nicht wegen der Winzigkeit des Raumes oder wegen seiner weißen Mauern, auch nicht wegen der schlichten Sitzgelegenheit aus brüchigem Holz, sondern weil es für eine Synagoge zehn Männer braucht. Zehn Männer in der Wüste, in einem Aufzug, im Weltraum. Einfach nur zehn Männer, ohne dass ein Dach, Goldverzierungen oder Gebetbücher nötig wären.

Man stelle sich nur vor, wie viele Cafés in Brooklyn Synagogen sind und es nicht wissen.

In Kabul aber gibt es nur zwei Juden. Zwei Juden in einem weißen Raum mit einer schlichten Sitzgelegenheit aus sprödem Holz … Sie beten mit geschlossenen

Augen, um sich glauben zu machen, sie seien in einer Synagoge, gefüllt mit mindestens acht weiteren Juden.

Alfred stellt unaufhörlich mathematische Gleichungen auf, immer und immer wieder. Und er findet keine Lösung, keine Formel. Zwei Juden. Kein Jude. Keine Synagoge, um Frauen zu konvertieren, die weitere Juden gebären könnten.

Also betet er mit geschlossenen Augen, den Kopf gesenkt. Und wenn er die Augen öffnet, sieht er meine gewachsten Cowboystiefel und sagt sich: Wenn man schon bloß zu zweit ist, hätte er es auch etwas besser treffen können.

Ich weiß das. Ich weiß das alles, weil Alfred es mir gesagt hat. Weil wir nie so getan haben, als würden wir uns mögen. Alfred verabscheut Cowboystiefel, ich verabscheue alte Schmocks, die nicht über den Tellerrand hinausschauen. Das musste mal gesagt werden.

Nicht nur, dass ich die elegantesten Cowboystiefel trage, die es gibt, ich bin auch schöner als Alfred. Meine Ohren liegen an, seine flattern im Wind. Meine Nase ist gerade, mit der Andeutung einer Stupsnase, seine ist platt gedrückt. Ich habe schwarze Haare, er hat fast gar keine mehr.

Zugegeben, sein Blick ist beeindruckend. Meine Augen sind zwar tiefblau, doch die Schwärze von Alfreds Augen hat etwas Außergewöhnliches. Ich bin größer als er. Er ist kleiner als ich. Wir wurden von demselben Rabbiner beschnitten: Rabbi Alouche. Reiner Zufall. Rabbi Alouche hatte mich in Iran beschnitten, in Teheran, wo ich geboren bin. Ich weiß, dass Alfred noch nie seinen Fuß dorthin gesetzt hat. Ich weiß auch, dass es sich trotzdem um denselben Alouche handelt, Schlomo, einen Rabbi mit äußerst beeindruckenden Ticks, der, da Gott in ihm war, während der heiligen Handlung nicht zitterte.

Wo die afghanischen Juden sind?

In Israel, zusammen mit den kurdischen Juden, den äthiopischen Juden und den argentinischen Juden.

Alfred behauptet, er sei ein Aschkenase. Er ist Rumäne, und ich kann ihm noch so oft erzählen, dass die Rumänen Sepharden sind, er behauptet von sich, ein Aschkenase zu sein. Er ist empört, zeigt es aber nicht und versucht es auf die humorige Art: Er fragt mich, ob ich viele Sepharden kenne, die gefüllten Karpfen essen. Zum Glück nicht, antworte ich ihm, denn wo wäre sonst der Vorteil, ein Sepharde zu sein ... Ich bin witziger als er. Ich sage zu ihm, dass bei ihm halt alles verkehrt ist: ein Sepharde, der sich falsch ernährt. Er wird ärgerlich, wir streiten uns den ganzen Weg bis zur Synagoge. Er sagt zu mir, dass man sich nicht ungestraft über Menschen lustig machen darf, die gelitten haben, ich spreche zu ihm von Inquisition, und schon ist es ein Wettkampf der Verfolgten. Und die Züge der Nazis, und die Messer der Almohaden ...

Und dann fällt uns auf, dass alles wahr ist, man denkt an Gesichter, an Kinder, man denkt daran, dass man Angst hat, dass man nur zu zweit ist, verloren in einem Land, dass eines Tages keiner mehr übrig ist. Wir verstummen. Wir lassen uns vom Frieden des Shabbat einnehmen. Wir wenden uns wieder Gott zu. Am ersten Shabbat, das erste Mal als wir uns trafen, haben wir uns entschieden, uns nicht zu mögen, um uns nicht weinend in den Armen zu liegen.

Das war vor fünfzehn Jahren. Jetzt ist Alfred tot.

Vierzehn Jahre lang habe ich ihn nicht gemocht. Dieses Nichtmögen, dieser kleine Ärger erlaubten mir, morgens an irgendetwas zu denken, heute ist mir das klar.

Vierzehn Jahre lang lernte ich Alfred in aller Stille kennen und schrieb ihm die absurdesten und ärgerlichsten Fehler zu. Ich konnte noch nicht einmal den Klang seiner Schritte an den Abenden des Shabbat ausstehen. Ich verbot mir das laute Lachen, wenn er mir unterwegs Witze erzählte.

Für Alfred war es ein Ritual: Er trat »aus Versehen« auf meine polierten Cowboystiefel; wollte ich gerade etwas Bedeutsames sagen, schnitt er mir das Wort ab und fragte nach der Uhrzeit, er pustete noch in seinen Kaffee lange nachdem er lauwarm war, er schnalzte mit der Zunge mit der Regelmäßigkeit einer am dösenden Ohr vorbeisurrenden Mücke, er kehrte spät heim, ohne zu meinem hell erleuchteten Fenster hochzuschauen.

Letztes Jahr brauchte mich Alfred. Ich war Jude. Ich war die einzige Person, zu der er eine Beziehung hatte, und sei es auch eine feindliche. Er brauchte jemanden …

Warum gerade in jenem Jahr? Alles hätte so weitergehen können, weil nichts jemals angefangen hatte, weil unser Leben eine einzige lange Gewohnheit war.

Warum gerade jene Frau? Warum musste er plötzlich etwas empfinden wollen?

Ich möchte es gern verstehen und mich richtig erinnern.

Alfred ging stets hoch erhobenen Hauptes, mit einem stolzen Gesichtsausdruck. Er war angesehen in Kabul und sogar in der Umgebung, sagte er. Er war mehrerer Sprachen mächtig und schrieb in mehreren Alphabeten, aber wusste er auch, dass die Umgebung von Kabul ausschließlich aus Sand, Steinen und zahnlosen Viehhirten bestand? Wahrscheinlich fand er es schick, über sich sagen zu können, in Kabul *und Umgebung* angesehen zu sein …

Sein einziger regelmäßiger Gang, abgesehen von dem am Shabbat, führte ihn geradeaus die Chicken Street entlang, bis zum Ende (hoch erhobenen Hauptes, mit einem stolzen Gesichtsausdruck); Tee im Café London, Lächeln, leichtes Kopfnicken, um die Respektbekundungen zu erwidern, die ihm entgegengebracht wurden, und, vom Ende der Straße, wieder zurück zu seinem Haus in der Chicken Street.

In den meisten Fällen erwartete ihn vor seinem Haus ein riesiger Menschenauflauf von mindestens zwei verloren wirkenden Personen mit Papieren in den Händen.

Ich glaube, es war dieser Tag, der Tag, an dem er seinen Tee zu heiß getrunken hatte und seine verbrühte Zunge an seinen Gaumen rieb, als er sie zum ersten Mal sah.

Er wusste sofort, dass sie schön war, hinter ihrem Schleier. Er wusste es deshalb, weil er sich auf der Stelle verliebt hatte. Sein Körper hatte wie wild um sein Herz herum geklopft.

Er gestand es sich nicht ein und konzentrierte sich auf den Schmerz in seiner Zunge. Er konzentrierte sich. Deshalb war sein Kopf gesenkt.

Und ich, gerade damit beschäftigt, Pistazienschalen von meinem Balkon hinunterzuwerfen, ich weiß noch, wie ich bei mir dachte, dass Alfreds Haupt weder hoch erhoben war noch sein Gesichtsausdruck stolz.

Ich weiß noch, wie ich bei mir dachte, dass selbst hier, selbst in der Chicken Street, die Dinge sich ändern können.

Erst später, viel später, habe ich alles erfahren … Als er mich brauchte. Als sein Haupt nicht mehr hoch erhoben, sondern schweißbedeckt war, als sein Blick überall nach Antworten suchte, als aus seinem stolzen Gesichtsausdruck der eines verlorenen Kindes geworden war, eines alten verlorenen Kindes.

An jenem Tag kam er zu mir hoch. An jenem Tag hatte er Angst. Er vergewisserte sich hundertmal, dass meine Fensterläden geschlossen waren und meine Nachbarin abwesend. Dass die Mauern nicht zu dünn waren und er in Ruhe sprechen konnte, so wie man mit einem Freund spricht.

An jenem Tag habe ich begriffen, dass diese fröhliche Abneigung, diese anhängliche Übellaunigkeit von tiefer Freundschaft zeugte, mehr noch, sehr viel mehr noch: von brüderlicher Liebe. Von einem Recht auf Hass, denn im Grunde genommen war es unmöglich, einander nicht zu lieben.

Ich weiß noch, wie ich ihm ein Glas Wasser reichte. Er atmete tief durch.

Hinter ihr wartete ihr taubstummer Bruder und rührte sich nicht von der Stelle. Er konnte Naemas Gesicht nicht sehen, als sie es abdeckte, und auch nicht von ihren Lippen ablesen, was sie sagte. Er wartete dort, weil Frauen nur dann existieren, wenn ein Mann bei ihnen ist. Der Sturz der Taliban hatte die Denkweise von Naemas Vater nicht wirklich vorangebracht, auch nicht die ihres älteren Bruders, der eine Koranschule in Pakistan besucht hatte.

Naema zitterte vor Angst, aber das Verlangen, Jemand sein zu wollen, das Verlangen, die Burka, in der man sie eingemauert hatte, in Stücke zu reißen, verzehrte sie.

Unter ihrem Schleier waren ihre Augen groß. Sie zeigte sie Alfred und entfaltete ein Stück Papier, auf dem die Adresse eines Mannes notiert war. An ihn sollte Alfred einen Brief schreiben.

Würde Alfred schweigen können? Würde er jemandem verraten, an wen, wohin er schrieb? Naema brachte die Worte kaum heraus, sie schien sie zu bereuen, alle. Aber dann waren die Worte draußen. So wie sie sie am Vorabend im Traum und auch die Nacht davor und auf dem Weg zur Chicken Street wiederholt hatte. Jetzt klangen die Worte weniger schön, nicht so klar, nicht so stark.

Sie redete ohne Atem zu holen. Sie ließ alle Zurückhaltung fallen. Sie sprach über ihr Geheimnis und über ihre Hoffnungen.

Der Mann war Journalist. Amerikaner. Sie musste ihn schnell finden, sehr schnell, ihr Bauch wurde schon rund. Sie musste fliehen, denn sie trug Leben in sich, denn sie war nun ein kleines Nest der Hoffnung. Denn sie war die Brücke zwischen den Steinen, dem Sand und der Liebe. Sie musste Schutz suchen. Beim Reden hielt sie ihren Bauch. Bald würde sie gesteinigt sein, Grab und Wiege zugleich. Alfred musste ihr helfen.

Sie wusste nicht, wie man einen Brief beginnt.

Mit »lieber«, »lieber Freund«, sagte Alfred. Vorausgesetzt, dass man den Menschen, an den man schreibt, lieb hat …

Und Alfred betete, dass es nicht so sei. Dass er nur der Vater sei, nur ein Ausrutscher, ein Abend, eine Erinnerung an den Krieg, an die Angst.

»Oh ja, ich habe ihn sehr lieb«, hatte sie geantwortet.

Dennoch wollte sie mit seinem Vornamen beginnen. Sie fand das stark, viel stärker als »mein Liebling«. Die Vorstellung, den eigenen Vornamen durch einen geliebten Menschen ausgesprochen zu hören …

Viel schamloser als alle Liebesbeteuerungen, die von einer schon schal gewordenen Zuneigung zeugten.

Und außerdem kannte sie ihn kaum. Ihre Lippen hatten schnell, sehr schnell zueinander gefunden, dort in diesem Schutzraum, wo sie die Nacht verbracht hatten. Sie hatte ihn geküsst, als ob sie gewusst hätte, wie das geht, sie hatte ihr Becken vor und zurück bewegt wie eine Frau mit Erfahrung, ohne Scham, ohne Unbehagen.

Sie sprach kaum Englisch, er stammelte etwas Arabisch. Naema verstand nur Afghanisch, Arabisch hatte sie schon immer als zu männlich empfunden.

Ihre Körper, ihre Augen hatten sich so gut miteinander verstanden.

Wie hätten sie dem Leben entkommen können? Wie hätte diese Kraft ungenutzt bleiben sollen, eine Erinnerung ohne Wirklichkeit?

Peter,

Du weißt sicher schon, dass ich es bin, die Dir schreibt. Du weißt sicher schon, warum ich Dir schreibe, und Du wirst kommen, um mich zu holen. Wie könnte es anders sein?

Gott hat uns am Leben gelassen und uns ein weiteres anvertraut. Ich habe es sofort gewusst, aber ich habe abgewartet, ob das Blut zwischen meinen Beinen noch fließen würde. Ich habe die Gewissheit abgewartet, so wie man auf die Sonne wartet nach der Nacht. Ich habe gewartet, wie Frauen warten, ohne Ungeduld, und mein Lächeln war wissend.

Es ist ein kleines Mädchen. Ich weiß es. Sie ist sanft, sie ist schön, wie der Tag, der auf Deine Abreise folgte. Denn ich fühlte mich schön, denn ich fühlte mich als Frau, weil zum ersten Mal jemand anders als meine Mutter mein Gesicht gestreichelt hatte.

Ich sage Dir Dinge, von denen ich nie geglaubt hätte, dass ich sie aussprechen könnte, ich verrate Dir Geheimnisse, die ich erst mit Dir zusammen entdecke.

In jener Nacht gab es nur uns beide und den Tod. Es war meine erste Liebesnacht.

In jener Nacht hat mich Gott zum zweiten Mal erhört, denn der Mann, den ich heiraten sollte, starb. Bei der Beerdigung verdeckten meine hysterischen Schreie meine Freude und meine Sehnsucht nach Dir.

Seitdem spiele ich die Witwe, man nennt mich gottgefällig, man lässt mich in Ruhe. Viele Männer sind gestorben. Viele haben alles verloren. Man wird mich nicht drängen, bald zu heiraten. Unter meinem schwarzen Tschador verstecke ich das wachsende Leben. Peter, Du kennst dieses Land besser als ich. Komm und rette mich, rette uns. Von nun an ist mein Fleisch mit dem Deinen verbunden, Tag und Nacht. Bald werde ich es nicht mehr verbergen können. Bald werde ich tot sein oder in Deinen Armen liegen, gerettet.

Auf bald.

Sie drückte ihm ein zerknittertes Stück Papier in die Hand, ein Papier mit Buchstaben darauf wie in einen Baum geschnitzte Initialen von Verliebten. Darauf stand Peter Shub und seine Adresse in Los Angeles.

Aber sie wollte nicht unterschreiben, noch Alfred ihren Namen sagen, aus Angst, man könnte den Brief finden. Wie soll er denn antworten?, hatte Alfred gefragt. Sie fing an zu weinen. Daran hatte sie nicht gedacht. Sie hatte nur gedacht, dass er den Brief erhalten und dann kommen würde, um sie zu retten.

»Naema, ich heiße Naema«, würgte sie in einem

Schluchzer hervor. Sie legte ihren Schleier wieder vor das Gesicht. Der Taubstumme bezahlte Alfred, und sie verschwanden in den Straßen.

Einige Augenblicke später, von einer Kraft angetrieben, die er nicht kannte, begab sich Alfred auf die Suche nach ihr, aber alle Frauen waren gleich gekleidet. Sie glichen sich alle, die gesichtslosen Gesichter. Plötzlich glaubte er sie in Begleitung ihres zurückgebliebenen Bruders zu erkennen, und er lief auf den Basar. Sie war es nicht. Er irrte lange umher. Er sah den Kindern beim Kämmen der Wolle zu und sagte sich, dass die gleichen Menschen seit Tausenden von Jahren immer wieder auf die Welt kommen, um immer wieder die gleichen Handgriffe zu tun. Die Wolle sprang wie die Schafe, die Kabul in den Schlaf helfen.

Er wanderte noch lange herum, vorbei an den Ständen mit »Wüstenkohle«: ein hübscher Name für getrockneten Kamelmist. Diese erstarrte Welt hatte ihm immer gefallen, aber heute hätte er gern alles zerstört und wieder von vorn angefangen.

Seit dem Sturz der Taliban schien das normale Leben in Kabul wieder in Gang zu kommen. Und doch blieben Spuren, Reflexe. Kommt man aus dem Gefängnis, hat man als Erstes Angst vor der Freiheit. Die Menschen hier sind schön. Sie tragen die Geschichte und ihren Wiederbeginn in sich. Das Menschsein. In ihrem Lächeln kann von einem Augenblick auf den anderen Hass aufblitzen. Sie verwechseln Begierde mit Bösem.

Die Männer gehen auf jahrtausendealten Bahnen. Sie sind gegen die Frauen verbündet und sich darüber einig, welche Völker zu hassen sind, damit die Langeweile sie nicht dahin treibt, einander umzubringen. Einige Frauen wehren sich und zeigen sich mit Stolz. Die Dinge müssen sich ändern. Die Amerikaner sind nicht ohne Grund gekommen. Diese Frauen wagen einiges und manche Männer sind froh darüber. Manche sind gebildet und viele haben ihre Mütter ohne Schleier gesehen. Vor den Taliban war Afghanistan ein islamisches Land, aber es war nicht extremistisch.

Auf dem Basar brodeln dic Ideen: Erst haben die Amerikaner die Taliban bewaffnet und jetzt verjagen sie sie. Wer soll daraus schlau werden? Sind sie denn wirklich so gut, diese Männer in Grün? Sind sie so gut, diese Flugzeuge, die ihre Ziele verfehlen?

Man erhebt die Stimme, man hebt die Augenbrauen, man schwingt den Zeigefinger hoch über den Köpfen. Es wird diskutiert, das Leben kehrt nach Kabul zurück. Noch vor einigen Monaten waren die Gespräche so verschleiert wie die Gesichter der Frauen.

Alfred liebte es, Menschen zu beobachten, es hatte eine beruhigende Wirkung auf ihn. Er behielt sie alle im Gedächtnis, so wie man Familienfotos aufbewahrt. Manchmal, wenn er sich langweilte, kramte er sie aus seinem Gedächtnis hervor. An diesem Tag konnte er nicht ein einziges Gesicht behalten, das von Naema überdeckte alle anderen.

Auf dem Heimweg fühlte er sich alt und müde. Er hatte niemanden. Keinen, mit dem er sprechen konnte. Keinen, dem er schreiben konnte.

Er schämte sich, wenn Bilul ihn besuchte, diese von ihm im Kindesalter erfundene Gestalt, die ihm Gesellschaft leistete. Und jetzt hämmerte Bilul wie wild an die Pforten seiner alt gewordenen Phantasie. Er trat ein. Alfred erklärte ihm, dass er verliebt sei, nicht mit Liebe verliebt, sondern so ähnlich wie verliebt, irgendwie ergriffen, bewegt. Er wollte diese junge Frau beschützen, sie einem günstigeren Schicksal zurückgeben. Bilul war ganz zerknautscht, müde, hatte lange geschlafen; doch als er die Neuigkeit hörte, sprang er auf und hielt einen Veilchenstrauß in der Hand, größer als er selbst.

Bilul war schelmisch und naiv, alt und noch ein Wickelkind. Er war bunt, hatte einen Schokoladenschnurrbart, er roch nach Lebkuchen und getrocknetem Salzknetteig. Er ließ sich nicht davon abhalten, Alfred zum Lachen zu bringen, so wie man jemanden mit Gewalt kitzelt. Das war ärgerlich und unwiderstehlich zugleich. Alfred ließ ihn erscheinen mit all den Farben seiner Kindheit. Bilul war ein guter Gott. Bilul glich Gitarrenklängen. Bilul war wie glucksendes Babylachen. Bilul war wie diese verpassten Gelegenheiten, wie diese Wege, die Alfred nie eingeschlagen hatte, die aber immer noch in ihm waren.

Bilul hat sich über Alfred ganz schön lustig gemacht.

Ich kenne Bilul in- und auswendig; ich glaube sogar, dass er mir gehört.

Heute, während ich über Alfreds Kummer schreibe, würde ich ihn gern ausleihen, würde gerne so tun, als würde Alfred ihn auch kennen.

Ich weiß nicht, ob Alfred eine andere Fluchtmöglichkeit kannte, als die Kraft seiner Beine. Soviel ich weiß, hatte er nie besonders viel Phantasie bewiesen, außer bei den Witzen, die er jeden Freitagabend erzählte.

Man konnte fühlen, dass sein Inneres mit Finsternis ausgekleidet war.

Ich bin Simon Mohnessen. Das ist auch schon alles, was ich weiß. Ich bin geboren, man hat mir meinen Namen gesagt und dass ich Jude bin. Ich habe nie an Gott geglaubt. Nach und nach hat er sich bei mir durchgesetzt, so wie die Nacht, die auf den Tag folgt. Ist zu meinem Lebensrhythmus geworden.

Ich wusste nicht, dass manche Götter für weniger Todesfälle verantwortlich waren als andere. Ich wusste nicht, dass Gebete nicht die gleiche Richtung nahmen, je nachdem, ob man Jude, Christ oder Moslem war. Ich wusste nicht, dass der *eine* Glaube konkurrierende Glauben hatte.

Ich bin Simon, mein Gesicht altert im Spiegel, aber ich fühle mich immer noch wie ein kleiner Junge. Ich verstehe nicht, dass meine Hülle sich derart abnutzt, und mein Herz so wenig.

Ich würde Bilul jedem ausleihen, der ihn braucht. Ich hätte mir gewünscht, dass Alfred mit mir gesprochen, dass er seinen Kummer nicht für sich allein behalten hätte.

Ich hätte mir so viele Dinge gewünscht, aber die Dinge wünschten mich nicht. Ich bin ein Mann, der seinen

Weg nicht zu wählen brauchte, ich hatte ihn nur zu gehen.

Ich habe nie geweint. Nicht, seitdem ich in dem Alter bin, wo man sich erinnern kann. Ich mache mir nichts aus Tränen. Ich mag keine nassen Wangen.

Ich bin einer von denen, die zuschauen, die beobachten, die Hauptrolle ist nichts für mich. In Teheran spielte ich Theater, als ich noch klein war, ich spielte zwei oder drei verschiedene Rollen in demselben Stück. Keine großen Rollen von der Art, die einem das Herz umkrempeln.

Eine Anhäufung von Nebenrollen. Eine Sammlung von bedeutungslosen Schicksalen.

Ich wusste nicht, dass ich eines Tages Peter treffen würde. Ich wusste nicht, dass ich eines Tages große Geschichten mit anderen großen Geschichten verknüpfen würde; ich hatte nicht den Eindruck, Teil von ihnen zu sein. Vielmehr, als gewährten sie mir eine kleine Zeile, einen herablassenden Satz.

Ich bin Simon und alle, die um mich sind. Wenn jemand vorbeigeht, bemächtige ich mich seiner. Ich gehe mit ihm spazieren. Ich erfinde für ihn Abenteuer. Ich mag es, Träume anderer Leute zu träumen.

Ich fände es schön, wenn man von mir träumte. Ob wohl Farah manchmal an mich denkt? Ob sie sich wohl fragt, wo ich bin? Ob sie noch irgendwo lebt?

Wird sie mich holen?

Wird das meine Tränen fließen lassen? Endlich ...?

Oft male ich mir einen Ort aus, wo alle Menschen, die ich je gekannt habe, zusammen sind. Einen Ort voller Leben, voller Freude, das Gegenteil von meinem Leben. Und ich muss zugeben, auch Alfred wäre dort.

Peter gehört zu der Sorte Jungs, in die sich Mädchen gerne verlieben. Die Sorte Jungs, mit denen ein Mädchen die ganze Nacht redet und dabei auf einen Kuss wartet, der auch im Morgengrauen noch nicht kommt. Die Sorte Jungs, die sich am Telefon vorstellt, sich verabredet und pünktlich erscheint.

Die Jungs, die Mädchen zwischen zwei großen Leidenschaften lieben, bei denen sie sich erholen können. Auf diese Art hatte er Dutzende netter kleiner Liebesgeschichten. Er wurde zum Vertrauten, zur starken Schulter seiner Exfreundinnen. Und dann traf er Jenny. Der Umgang mit ihm machte sie rund und träge. Seitdem ist sie in dieser Geschichte. Sie haben zwei Kinder, einen Jungen und ein Mädchen. Ihre sexuellen Begegnungen sind sporadisch, aber befriedigend genug, um an Liebe glauben zu können. Ihre in Scheidung lebenden Freunde schlafen ab und zu bei ihnen. Sie spielen Golf. Sie machen Bildungsreisen. Peter ist ein pflichtbewusster und anspruchsvoller Journalist. Er kleidet sich gut, vergisst aber regelmäßig, seine Socken dem restlichen Outfit anzupassen. Jenny findet das charmant. Seit kurzem hat sie wieder mit Gymnastik angefangen.

Für nichts in der Welt würde sie erlauben, dass jemand oder etwas ihr Leben aus den Fugen bringen würde. Sie will nichts Aufregendes, nichts Neues. Alles immer gleich, die gleichen Gesichter zu den gleichen Uhrzeiten. Sie hat sogar ihre Haarwaschtage.

Als Peter einwilligte, den Korrespondenten seiner Zeitung in Kabul abzulösen, glaubte Jenny, dass sie sich in allem geirrt hätte.

Es war ein wenig, als würde er sie wegen einer anderen Frau verlassen. Peter hatte sich schnell überzeugen lassen. Sein Chef erinnerte ihn daran, dass er mit zwanzig davon geträumt hatte.

Am Vorabend hatte Peter bei sich die ersten grauen Haare entdeckt, und der bloße Gedanke zu sterben hatte bei ihm für ein neues Lebensgefühl gesorgt.

Jenny hatte seinen Koffer gepackt und das Erste-Hilfe-Set bereitgelegt.

Peter hatte heimlich ein Fläschchen Whisky hineingeschmuggelt und sich wie ein Teenager gefühlt.

Er hätte vor Aufregung juchzen mögen, Peter, der Junge, in den sich Mädchen verlieben, der brave Junge: Er war Reporter. In drei Tagen würde er einen Dreitagebart haben. Die Vorstellung gefiel ihm. Seitdem er sich rasierte, hatte er seinen Bart noch nie drei Tage stehen lassen. Und doch hatte er mit fünfundvierzig eine ganze Menge von drei Tagen hinter sich.

Aber die Jungs, in die sich Mädchen gesittet verlieben, rasieren sich eben.

Im Flugzeug fühlte er sich wichtig.

Viele Flugzeuge waren an diesem Tag über Naemas Himmel geflogen. Über den schwarzen, klebrigen

Himmel. Es gab kein Blau mehr, außer dem der afghanischen Tschadores, die im schnellen Gang ihre Kinder hinter sich herzogen. Es gab keine Wolken mehr. Der Himmel war eine einzige Wolke, kurz vor dem Aufbrechen, düster wie die Zukunft von Naema.

Auch wenn sie nichts anderes kannte, wusste Naema doch, dass sie kein gutes Leben lebte. Sie war ein unauffälliges, zurückhaltendes und braves Kind gewesen. Man hielt sie für sanft und gehorsam: Sie war gemartert, melancholisch und verängstigt.

Ein Woche vor den Bombenabwürfen war eine Frau ins Haus gekommen, um sie über Dinge der Liebe aufzuklären. Wie man seinen Ehemann zu befriedigen und die Hüften zu bewegen hatte, um Allah ein Kind zu schenken. Die Hochzeit wurde wegen des Krieges verschoben.

Für Naema war es ein Glücksfall. Sie hatte den Mann gesehen, den sie heiraten sollte. Er war schön, aber er hatte ihr Angst gemacht, sein Blick hatte sie abgestoßen. Der schwarze Himmel war ihre Rettung. Hoffentlich bleibt er so, bleibt noch lange so und man vergisst sie unter diesem Himmel wie in einem Kellerloch.

Das Flugzeug von Peter landete. Naema erinnert sich nicht mehr daran, aber an dem Tag hatte sie es gehört und sogar gesehen. Ein weißer Fleck auf dem schwarzen Himmel. Sie hatte sich nichts dabei gedacht. Nur »oh«, vielleicht sogar »oh!« … Die Bombardements fingen gerade erst an, und die Flugzeuge sahen noch nicht wie weiße Geier aus.

Peter presste sein Gesicht an die Fensterscheibe im Flugzeug und notierte seine Eindrücke, wobei er versuchte, sie melancholisch und tiefschürfend zu gestalten. Er stellte sich schon den Erfolg seines Buches nach seiner Rückkehr vor. Es würde »Die grünen Papageien« heißen, in Anlehnung an den lustigen Namen, den man Antipersonenminen gibt. Auf dem Schutzumschlag vielleicht ein hübsches verstümmeltes Kind, mit einem traurigen Blick?

Einige wenige Flugstunden haben gereicht, um ihn an seine Träume von Ruhm und Ehre zu erinnern.

Er konnte es nicht abwarten, auszusteigen, zu beschreiben, Tote zu beschreiben, ihren Geruch. Seinen eigenen Tod zog er nicht in Betracht. Höchstens eine Verletzung, die ihn im Blitzlichtgewitter zurückkehren ließe.

Er wusste nicht, dass ihm Augenblicke voller Leben bevorstanden, des wahren Lebens, wie er es nie zuvor erlebt hatte. Er wusste nicht, dass er sich an diese wenigen Tage sein ganzes Leben lang klammern würde.

Endlich würde er sein Herz schlagen fühlen; alles, was vorher war, war nichtig. Seine Aufregungen waren kindisch, seine Freuden fade und seine Genüsse kurz und gleichförmig. Bald würde er den Sinn des Wortes sterben verstehen, er würde es laut sagen können, ohne sich schämen zu müssen. Seine Angst, kauernd zwischen Krieg und Leidenschaft. Seine Angst, geschmiegt an das Absolute und an das Vergängliche. Seine Angst.

Naema hatte keine Angst vor dem Unbekannten.

Naema betrachtete den Himmel, ohne recht daran zu glauben. Man hatte ihr nie Geschichten von Prinzessinnen vorgelesen. Man hatte ihr nie vorgelesen. Womit hatte sie als Kind gespielt?

Mit der vergehenden Zeit ... Den Wolkengebilden ... Mit den ärmlichen Möglichkeiten, die man ihrer Vorstellungskraft gegeben hatte. Meistens stellte sie sich vor, sie würde laufen, fliehen, aber sogar in ihren Träumen kam sie niemals irgendwo an.

Wäre es besser gewesen, wenn das alles nie passiert wäre? Wenn sie weder Peter noch Alfred getroffen hätte? Wäre es besser gewesen, ein beliebiges Schicksal gehabt zu haben als dieses zerschmetterte?

Ich weiß es nicht. Ich für meinen Teil, wenn ich gewusst hätte, wie man der Langeweile entflieht, wenn es einen Weg gegeben hätte, selbst wenn es ein dunkler Tunnel gewesen wäre, ich hätte mich hineingestürzt, auch auf die Gefahr hin, den Verstand zu verlieren.

Ich wachte auf, wie jeden Tag, umnebelt von Albträumen, die es zu verscheuchen galt. Von diesen Träumen, die mit tausend verstörenden Bildern durch deine Nächte spuken, diese schamlosen Gespenster, die wiederkommen, um deine Tage zu verderben, um dich zu ärgern, zu verspotten. Ich öffnete die Fensterläden, ich sah Alfred seine kleine Runde drehen. Er hob den Kopf und sagte »Ah, Simon!«, als wäre es reiner Zufall, als sei er gerade im Begriff, nach Hause zu gehen. Er sah nicht so aus, als hätte er geschlafen. Ich war nicht nett. Er schaute die ganze Zeit zu mir herüber und wartete auf eine Einladung, zu einem Kaffee, zu einem Gespräch. Ich antwortete mit einer schnellen Handbewegung und wich einige Meter zurück, um ihn nicht mehr zu sehen, ihn nicht, die Sonne nicht, die Albträume nicht, die diesen Moment der Unaufmerksamkeit nutzten, sich aufs Neue in meinen Schädel zu bohren.

Ich begegne mir oft in den Straßen. Nicht einem Menschen, der mir ähnlich sieht, sondern mir selbst. Ich bin es, einige Jahre früher, jünger, noch einigermaßen ansehnlich. Und dieser Mensch, der ich war, erkennt mich nicht wieder. Er grüßt mich nicht, sein Blick bleibt nicht an meinen Gesichtszügen haften. Bestimmt deswegen, weil ich dem Menschen, der zu werden ich mir vorgestellt hatte, nicht ähnlich bin. Ich stelle meine Koffer unten vor dem Haus ab, ich schaue zu meinem Fenster hoch, ich überprüfe die Adresse auf meinem Zettel, ich stehe genau vor mir, ich erkenne die Örtlichkeiten, ich könnte mich um eine Auskunft bitten, aber ich tue es nicht. Ich bin ein anderer als ich. Ich bin enttäuscht, mich nicht zu erkennen. Ich bin enttäuscht, zu dem geworden zu sein, der ich bin.

Das Problem in meinem Leben waren immer die anderen, ihre Unfähigkeit, das zu sein, was sie zu sein wünschten, oder was sie zu sein vorgaben. Drei Jahre lang war ich mit einer sehr schönen Frau verheiratet, einer Schauspielerin, die in kitschigen Serien mitspielte ... In einer Art iranischen Telenovela. Sie lebte ihr Leben die ganze Zeit parallel zu meinem, zu unserem. Sie traf sich noch immer mit ihren ehemaligen Liebhabern. Es machte mir wenig aus, dass sie immer weiter in ihre Träume, ihr Herz oder was auch immer eindrangen. Meine Abscheu wurde erst durch die simple Tatsache geweckt, dass sie sich selbst belog. Sie schaffte es, sich vorzumachen, dass sie mich auf jeden Fall ehrlich liebte, dass ich ihr Märchenprinz war, aber dass andere ihre Hüften zu rühren vermochten. Es hat nichts zu bedeuten, glaubte sie, solange ich nicht daran denke. Dann wird es sein, als wäre gar nichts.

Und tatsächlich, für sie war es gar nichts, sie war mit so viel Aufrichtigkeit niederträchtig. Und wenn die Sache auch für sie gar nichts war, das Parfum an ihrem Hals war lebendig, sehr lebendig für mich. Wenn ich meine Hände auf ihren Körper legte, schien es mir, als legte ich sie in die Abdrücke eines anderen.

Ich hätte es zur Sprache bringen können. Ich zog es vor, zu gehen. Wenn ich daran dachte, dass mir ihre Wahrheit vielleicht eines Tages nichts mehr ausmachen würde, mit zunehmendem Alter, wenn ich mir erlaubte, ein wenig zu sterben, dem Leben seinen Lauf zu lassen …

Ich hätte ihr ein Kind machen können, aber ich liebte diese Frau bereits so, als wäre sie mein eigen Fleisch und Blut.

Ich hatte begriffen, dass Menschen uns entgleiten. Und auch ich entglitt, mit einem Lächeln. Mein Leben war ein dumpfes Leiden, alles war ein einziger Schmerz. Ein etwas matter, leicht abgestumpfter Schmerz. Ich wollte nicht mit ansehen, wie sie sich rechtfertigte. Ich wollte nicht allzu sehr im Zwischenmenschlichen herumwühlen. So sein wie hundert andere. Ich ging weg.

Ich begriff, warum ich mir Kabul ausgesucht hatte. Vom Flugzeug aus sah ich die langen trockenen Sandverwehungen und die wie abgehauenen Felsen. Man hätte meinen können, ein Grab. Ein niemals blühendes Grab. Nie besucht. Nie mit Tränen benetzt. Ein Grab, wo es sich gut sterben lässt. Wo man sich selbst vergessen kann.

Und da kam Alfred und erinnerte mich an die Liebe. Und meine zwischen Vergessen und Verstand versteckten Gefühle brachen hervor.

Da war Alfred und trommelte an die Tür der Schusterei. Zwei Stunden waren vergangen, seitdem er unten am Haus vorbeigegangen war. In seinen Händen hielt er ein Paar abgenutzte Schuhe. Ein anderer als ich hätte nicht bemerkt, dass auf ihnen herumgetrampelt wurde, dass sie beschmutzt worden waren. Durch Alfred, der darauf brannte, mit mir zu sprechen, mir Fragen zu stellen, über Naema zu reden, die wahrscheinlich in seinen Träumen herumspaziert war.

Er fing also an, ganz rot im Gesicht.

»Simon, meinst du, ich sollte sie heiraten? Um sie zu retten, natürlich … Ich könnte sagen, dass das Kind von mir ist. Und wenn der Amerikaner antwortet, bringe ich sie zu ihm. Wenn wir verheiratet sind, kann ich für sie mit entscheiden, oder nicht?«

Ich erinnerte ihn nicht daran, dass wir uns siezten, aber ich war grausam.

»Alfred, Sie sind über siebzig!«

»Ich lebe in geordneten Verhältnissen, ihre Eltern sind nicht gerade reich und die Tochter von Mohammed dem Glaser ist zwanzig Jahre jünger als …«

»Aber, Alfred, Sie sind Jude …«

Dieses Argument ließ ihn verstummen. Ich sagte zu ihm, dass seine Schuhe am kommenden Freitag fertig sein würden und dass ich sie ihm nach Hause bringen würde, bevor wir zusammen in die Synagoge gingen. Er bedankte sich mit einem leichten Kopfnicken.

Es war Dienstag. Am Abend konnte ich nicht zu ihm, wie ich es mir vorgenommen hatte, denn seine Fensterläden waren geschlossen.

Sein drängendes Bedürfnis, mit mir zu reden, hatte bei mir einen unwiderstehlichen Impuls ausgelöst, ihm zu antworten oder zumindest ihm zuzuhören. Doch seine Fensterläden blieben geschlossen und jeder von uns war wieder für sich allein. Ich ging früh zu Bett, doch der Schlaf wollte nicht kommen. Ein Bild nur, sein Bild. Und Erinnerungen an traurige Melodien, an Melodien mit ein wenig zu spitzen, ein wenig zu lauten Männerstimmen.

An Abenden wie diesen habe ich nie gewusst, wohin ich gehen sollte. An Abenden wie diesen hätte ich gern getrunken oder gelacht oder mit einer Frau geschlafen. An Abenden wie diesen bin ich allein. Mein Lachen, meine Stimme klingen laut an Abenden wie diesen, und ihr Widerhall trifft meine Einsamkeit. An Abenden wie diesen ist mein Inneres verdreckt, ganz staubig, schlammig sogar, verklebt durch Schmutz und Erinnerungen, die mich elend und blass machen. An Abenden wie diesen denke ich an sie, ich denke an das Unglück, das mich schon lange umkreiste und das ich kommen fühlte. Ich hätte vielleicht schweigen sollen. Ich hätte versuchen können zu vergessen, wie sie sich im Morgengrauen in unser Bett stahl. Ich hätte versuchen können zu glauben, dass ich ihr Ein und Alles war. Diesen großen ehrlichen Augen glauben, aus denen die Lüge durchschimmerte. Mich an ihren Busen schmiegen, den Schmerz verfliegen lassen. An Abenden wie diesen denke ich an sie, die nie an mich denkt.

Ich gehe über dieses brachliegende Land, das mein Zuhause ist. Das Zuhause, in dem ich lebe, für das ich nie gekämpft habe. Dieses Land, das man vollends zerstören sollte und mich mit ihm.

An Abenden wie diesen ist alles flüchtig.

Die Fensterläden von Alfred blieben bis zum Shabbat geschlossen. Ich stieg wie verabredet mit seinen Schuhen zu ihm hoch. Er wirkte alt. Er hat nicht viel gegessen. Alles bei ihm war sauber, aber abgenutzt. Die Bücher standen wohl schon immer auf demselben Platz. Ich fuhr mit der Hand über seine Büchersammlung. Ich hatte schon lange nicht mehr gelesen.

Ich half ihm in seine Schuhe.

Wir gingen schweigend bis zur Synagoge. Kurz davor blieb Alfred stehen.

»Kennen Sie den mit den zwei Juden in Kabul?«

»Nein«, antwortete ich erwartungsfroh, dankbar, dass sein Humor wieder die Oberhand gewann.

»Ich auch nicht, Simon, und es kennt ihn auch sonst keiner.«

Der Briefkasten von Alfred war der modernste des ganzen Viertels. Er stand aufrecht einige Meter von seiner Eingangstür entfernt. Das Eisen leicht verbeult von der Sonne. Er sah aus wie ein Familienbriefkasten, ein verzauberter Briefkasten, gefüllt mit Worten der Hoffnung, die aus fernen Ländern kamen. Es war ein Briefkasten, wie man ihn sich vor amerikanischen Häusern auf dem Land vorstellt, dort, wo die Kinder mit dem Fahrrad zur Schule fahren und Obst aus dem Garten essen.

Und doch war er immer leer, nur der Sand, den der Wind manchmal in die Stadt trug, drang hinein. Alfred bewahrte den Briefkastenschlüssel gut auf, am Schlüsselbund der nutzlosen Schlüssel. Schlüssel von seinem Rollkoffer, von der Hausapotheke, von dem Tagebuch, aber auch der seines zerstörten Elternhauses in Rumänien, der vom Schloss des Geheimfachs hinter dem Schreibtisch, der Schlüssel von unten, der Schlüssel von oben zu seiner Wohnung und, lackiert und farblich abgestimmt, der Briefkastenschlüssel.

Alfred hatte oft versucht, seine Kunden davon zu überzeugen, ihre Post direkt an ihn schicken zu lassen. Aber vergeblich, denn jeder bekommt gerne Post. Vor allem, wenn man sie nicht versteht.

Naema war die Erste, die einwilligte. Ein wenig vom Schicksal dazu gezwungen.

Und so sehnte Alfred den Tag herbei, an dem er seinen Briefkasten öffnen und endlich einen Brief darin vorfinden würde. Er hatte es sich oft vorgestellt. Er würde mit den Fingerkuppen über den Brief streichen, so wie ein hungriges Kind ein goldenes Schokoladenpapier berührt. Und dann würde er ihn vorsichtig öffnen. Schließlich, bequem in seinem Sessel sitzend, würde er ihn auseinander falten und lesen.

Doch der Brief kam nicht.

»Simon, meinen Sie, die Post streikt vielleicht?«

»Wieso? Wegen zu viel Arbeit? Keiner schreibt in diesem Loch, keiner bekommt Post.«

»Ich weiß nicht. Manchmal wird auch ohne Grund gestreikt.«

»Ich glaube nicht einmal, dass man in diesem Land streiken darf, Alfred.«

»Was ist es denn? Meinen Sie, der Briefträger ist vielleicht gestorben?«

»Vor Langeweile?«

»Seien Sie doch einmal ernst, Simon! Nur für einen Moment! Es geht um ein Leben! Um zwei Leben!«

»Drei Leben … Wenn man das des Briefträgers dazuzählt.«

Er jagte hinter mir her und wollte mich mit seinem Spazierstock erwischen.

Als Jenny vom Sport nach Hause kam und ihre Schlüssel mit Schwung auf die Dielenkommode warf, fiel der Stapel mit der Post herunter, den die Putzfrau einmal mehr vergessen hatte, an seinen Platz zu räumen. Ohne diese Nachlässigkeit wäre ihr Schicksal ein anderes gewesen und Alfred noch am Leben, und Peter und Naema … Alles wäre anders, die Welt und wir auch …

Der geräuschvolle Fall eines dicken Umschlags von der Zeitung: der Größe der Sendung nach zu urteilen, eine Kassette. Peter arbeitete gerade an einem Artikel über fingierte Reportagen. Jenny war im Begriff ihn aufzuheben, da fiel ihr Blick auf die Briefmarke eines kleinen Briefumschlags, der sie provozierend von der Seite her anschaute. Eine afghanische Briefmarke. Als Nächstes war es diese unterbrochene Schrift, die Schrift eines alten fleißigen Kindes, die ihre Aufmerksamkeit auf sich zog. Von der Botschaft vielleicht?

Da ihr Herz sich wegen weniger als nichts zusammenkrampft. Da sie Dinge weiß, bevor die Männer auch nur auf den Gedanken kommen, etwas zu vermuten … Sie ließ den Brief in die große Tasche ihres Sweatshirts gleiten und ging zur Toilette.

Sie setzte sich und las.

Sie schwankte zwischen sich übergeben müssen und zuerst ihre Hose hochziehen. Sie wählte die Nummer ihrer Freundin Anne, legte aber nach zweimal Klingeln auf. Was würde sie ihr wohl raten? Sich scheiden zu lassen? Kinder und Geld zu nehmen? Gar nichts zu sagen? Mit Peter darüber reden? Und dann würde sie ihrerseits mit ihrem Mann darüber reden, nur mit ihrem Mann, der eines Tages beim Dinner frotzeln würde:

»Wusstet ihr, dass Peter, der kein Wässerchen trüben kann, Peter, der kleine Golfspieler …«

»Liebling, ich bitte dich«, würde dann Anne mit gespielter Heftigkeit protestieren. Und dann ließe sie ihn gewähren und würde mitlachen.

Und alle würden lachen, über sie, über das perfekte Paar.

Die Kinder kamen gutgelaunt aus der Schule. Luke lief auf seine Mutter zu, um ihr sein A in Mathe zu zeigen. Sie fuhr ihm mit der Hand durch das Haar. Luke sah seinem Vater überhaupt nicht ähnlich. Er schaute den Menschen direkt in die Augen, ein willensstarkes Kinn, ein richtiger Mann. Er war kleiner als Peter. Jenny versuchte sich zu erinnern, ob sie Peter nicht doch betrogen habe, wenigstens einmal … Aber nein, niemals. Sie hatte sehr wohl Phantasien mit einem potentiellen Liebhaber, den sie auf ihrer High School nicht haben konnte und zu dem sie noch immer etwas zweideutige Kontakte pflegte. Eine Zeit lang hatte sie an ihn gedacht, wenn sie mit Peter schlief. Aber letztlich hatte es die Beziehung zu ihrem Ehemann weiter gefestigt. Ihre Begierden zu überwinden, sie in einer kleinen Ecke ihres Gehirns neben anderen zwielichtigen Dingen zu begraben, das machte ihr Peter nur wertvoller.

Aber er, er hatte gar nichts überwunden. Jetzt entdeckte sie, dass er ein Tier war, er, der so schnell nach dem Abendessen schnarchte. Er, der es ihr einmal im Jahr von hinten machte und einmal pro Woche in der Missionarsstellung. Er, der nach Gewerkschaftstarif vögelte. Er hatte mit einer anderen geschlafen.

Daran dachte sie, als Luke sie fragte, ob sie ihm wirklich zuhörte. Ihr Herz krampfte, bereit, sie um den Verstand zu bringen, aber sie hielt es mit beiden Händen fest, während sie für ihre pickelige Tochter Toast mit Erdnussbutter bestrich.

Sie würde es nicht zulassen, dass diese Hure ihr ihren Mann wegnimmt. Das Schicksal ... das Schicksal der schwangeren Frauen in Afghanistan ... Soll sie doch zusehen, wo sie bleibt, daran hätte sie vorher denken können. Soll sie doch krepieren. Soll sie doch gelyncht werden. Auf jeden Fall wird sie bald nicht mehr da sein. Weder im Kopf von Jenny, noch in dem von Peter. Es wird nichts von ihr übrig bleiben als eine vage Erinnerung, wie an den Krieg, an das Heulen der Sirenen. Bald wird der Brief bei der Bank im Safe liegen, von dessen Existenz nur sie weiß, zusammen mit ihren kleinen Ersparnissen, mit ihren »Nicht-Käufen«, wie sie sie gerne nennt. Der Gegenwert eines jeden Paars von Schuhen, eines jeden Kostüms, das ihr hervorragend stand, das sie aber nicht kaufte, war dort als Bargeld deponiert. Und zusammen mit den Käufen, die sie sich versagte, zusammen mit ihrem belohnten Verzicht, würde sie diesen Brief und ihr Bedürfnis, Peter wehzutun, begraben.

Jenny gab vor, Migräne zu haben. Die Kinder glaubten es sofort; normalerweise lächelte sie wie blöd und löcherte sie mit Fragen über die Schule und über ihre Schulfreunde, die man nur durch Baseballkappe, Schlapphut oder einen idiotischen Haarschnitt unterscheiden konnte.

Sie ging hinauf ins Schlafzimmer.

Noch auf der Treppe dachte sie, sie müsste weinen, erbrechen, ein Kissen mit Fäusten traktieren. Doch dann hatte sie sich berührt und gestreichelt. Die Vorstellung von Peter als einem Mann voller Lust hatte sie erregt wie nichts zuvor.

Erst am Abend, während des Dinners, als Peter sie auf die Stirn küsste, wurde es ihr klar. Das war nicht nur ein Ausrutscher, diese Frau erwartete ein Kind von ihm. In einigen Monaten würde es auf die Welt kommen. Würde es Peter vielleicht ähnlich sehen? Ihr Bauch wurde von Krämpfen zerrissen, ihr Unterleib war wie versteinert, ihr Mund liebäugelte mit einer beginnenden Übelkeit. Ihr Verstand war im Leerlauf. Sie kämpfte gegen ihre Tränen, gegen die Lust, Peter zu beschimpfen, ihm das Beweisstück seines Verbrechens unter die Nase zu halten. Aber sie hatte Angst, Angst, dass er sie um Vergebung bitten würde, dass er in ihren Armen weinen könnte. Angst, er könnte weggehen, um Naema wiederzusehen.

Und Jenny lächelte an diesem Abend. Ein Teil von ihr war imstande, Fragen zu stellen, sich über die Geschichten zu freuen, die ihre Tochter erzählte. Und wenn Peter seine Augen auf sie richtete, lächelte sie aufs Schönste mit ihren gemischten Gefühlen, der Lust, ihn zu lieben und auf ihn einzuschlagen, mit ihrer ganzen Kraft.

Das kann ja wohl nicht wahr sein«, sagte Alfred, »diese Flegel von Amerikanern ... Und dann haben sie noch die Frechheit, uns ihre Superhelden-Filme zu verkaufen! Und sind nicht einmal imstande, herbeizufliegen, um einer Frau zu helfen, die sie geschwängert haben. Ist schon klar, bei Superman ist keine Rede von Mädchen, mit denen er ins Bett geht, ist ja fast geschlechtslos, diese Schmalzlocke.«

»Was hat das eine mit dem anderen zu tun, Alfred? Sie verwechseln eine fiktive Gestalt mit einem realen Journalisten, der etwas mit einer Frau hatte, die durchaus nicht abgeneigt war, und das Ganze Tausende von Kilometern von seinem Zuhause entfernt ...«

»Na gut, aber wenn er es nicht für sie tut, könnte er es wenigstens für uns tun! Wir stecken bis zum Hals in dieser Geschichte.«

»Für uns?«

»So ist es, Simon, für uns, denn wir sind Juden.«

»Wieso, weil er auch Jude ist?«

»Superman ... Könnte doch ein Aschkenase sein, oder?«

»Schon möglich ...«

»Glauben Sie daran, Simon? An den Unsinn mit dem erwählten Volk?«

Der Weg zur Synagoge war übersät mit Hinterhalten. Einmal deswegen, weil es zwei Wege gab. Der erste, einfach, aber riskant, weil man unbebautes Land überqueren musste, so unbebaut wie der Rest des Landes, wo sich die Gauner des Viertels versammelten. Bereit, zuzuschlagen, zu töten, aus Hunger oder Langeweile.

Und der zweite, den wir öfter einschlugen: Um das Café Kairo herum, dann am Schrotthändler Faiz vorbei, möglichst, ohne dass er uns etwas andreht. Ist schon verrückt, was einem ein hundertzwanzig Kilo schwerer Typ an Reifen verkaufen kann, wenn man noch nicht einmal ein Auto besitzt.

Hinter dem Schrotthandel links.

Häuser ohne Dächer und Fenster. Schmutzige Kinder mit alten Augen. Und dann die große Straße, auf der schwer bepackte Autos vorbeifahren. Um wohin zu gelangen? Bepackt mit hochgetürmten Kartons, die an der Dachreling mehr schlecht als recht festgebunden sind und hin und her wackeln wie die Köpfe der Kinder auf den Rücksitzen, die vorn etwas zu sehen versuchen.

Lastwagen gibt es auch, Lastwagen, die vorbeifliegen wie eine Fata Morgana. Lastwagen ohne Bilder von nackten Frauen und ohne getönte Scheiben. Lastwagen mit ausgemergelten Fahrern, die keine Cowboystiefel tragen.

Und dann biegen wir in einen schmalen Weg ein, der zur Synagoge führt.

»Ich kannte mal einen Batman in Krakau, Baruch Batman, Damenschneider.«

Und Alfred ließ sein Glöckchen klingen, das ihm als Lachen diente. Als braute sich nichts zusammen, als könnte er uns aus dieser Geschichte unbeschadet herausbringen. Er hatte die gleiche Art von Zuversicht wie mein Vater. Die bescheuerte Zuversicht, dass ihm nichts und niemand etwas anhaben konnte, dass die schrecklichen Dinge nur für die anderen da waren. Meine Schwester erzählte mir, dass er sich seit dem Tod von Mama verändert hatte. Ich hatte sie seit fast sieben Jahren nicht mehr gesehen.

Naema hatte Hunger, doch sie versuchte, weniger zu essen und ihren Bauch mit Stoffbändern enger zu schnüren. Sie hätte es gern der ganzen Welt gesagt. Wie sehr sie dieses Kind liebte, und ihren Körper, der zum Körper einer Frau wurde! Wie gern hätte sie es herausgeschrien!

Aber sie schwieg und unterdrückte ihre Freude mit Angst.

Der einzige Mensch, dem sie sich anvertrauen konnte, war Alfred. Sie hatte keinen Grund, ihn täglich zu sehen. Sie kam zum Reden, nicht um einen Brief schreiben zu lassen.

Alfred hatte sie nie etwas offen gefragt, und sie hatte sich nie verpflichtet gefühlt, ihm zu antworten. Sie besuchte ihn jeden Tag, immer wenn sie sich unbemerkt davonstehlen konnte. Es kam vor, dass sie die ganze Zeit schwiegen und auf ein Zeichen des Himmels warteten. Dieses Schweigen tat Naema gut. Alfred war innerlich aufgewühlt. Er wusste nicht, was sie von ihm erwartete. Er wollte sie beschützen, sie in den Arm nehmen.

Dann ging Naema nach Hause, mit gesenktem Kopf, das Herz ein wenig leichter durch Alfreds Blicke.

In Naemas Zimmer war eine kleine längliche Öffnung, durch die sie den Himmel sehen konnte. Ein Poster, hätte man meinen können. Es war nur schwer vorstellbar, dass der Himmel sich hinter der Mauer in alle Richtungen ausdehnen sollte. An manchen Morgen hatte Naema Angst, dass vom Himmel nichts mehr übrig sei als dieses kleine Stück in ihrem Zimmer. Dann lief sie hin, kletterte auf einen Hocker und lachte, wenn sie ihren Kopf durch den Schlitz steckte, wie eine Münze in eine Wolkenspardose.

Die beiden Betten, die den Schwestern von Naema gehört hatten, waren leer. Die eine hatte geheiratet, die andere hatte das Zimmer ihres Bruders Rulbuddin bekommen, der sich zum Imam ausbilden ließ. Als sie noch ein Kind war, erzählte sie Rulbuddin alle ihre Geheimnisse. Er war warmherzig und lachte viel. Er erzählte ihr immer Geistergeschichten, bei denen sie sich genüsslich gruseln konnte. Und dann hatte die Zeit das Lächeln aus Rulbuddins Gesicht weggewischt. Er zeigte seine Zähne nur noch beim Essen oder bei einem wohlwollenden, unpersönlichen Kopfnicken. Er kam Naema wie ein Fremder vor. Manchmal hätte sie ihn schütteln können: »Ich bin's, Naema! Los, zieh mich an den Haaren! Wie früher ...« Naema fühlte sich allein. Sie vertraute ihre Geschichten ihrem taubstummen Bruder an, aber er machte ihr Angst. Sein Blick war mehr der eines Mannes als der eines Bruders.

In dem Verhalten von Rulbuddin konnte Naema lesen, dass auch sie kein Kind mehr war. Sie hatte es gar nicht gemerkt. Sie blickte auf ihre Kinderhände, die sie schamhaft ihren Körper hinabgleiten ließ. Ihre Hände, die sich nach Peter sehnten und nach jener Nacht.

Ich trage immer noch den Geruch von Farah an meinen Händen. Ich kann noch so viel Leder gerben, die Hände strapazieren, sie jemandem reichen, sie schmutzig machen, die Finger an alten Buchseiten reiben, sie mit Zigaretten versengen, ich trage immer noch den Geruch von Farah an meinen Händen.

Ich stütze immer noch meine Mutter, mit aller Kraft. Sie ist tot, und doch helfe ich ihr, wo ich kann. Ich lasse sie in dem Glauben, alles sei gut. Ich lächle auf der Straße, für den Fall, dass sie mich sieht.

Ich trage immer noch den Namen meines Vaters. Ich trage mein Judentum wie eine zweite Haut. Als ich klein war, wollte ich kein Jude sein. Ich dachte, man hätte eine Wahl. Mein Vater sagte mir mit einem traurigen Lächeln auf den Lippen, dass wir früher oder später von unserem Judentum eingeholt würden. Wenn ich vergessen sollte, dass ich ein Jude war, würde man es mir eines Tages in Erinnerung rufen. Mein Vater lebt bei meiner Schwester. Seitdem meine Mutter gestorben ist, erwähnt er nicht mehr ihren Namen.

Ich trüge gern einen Sohn auf meinen Schultern und einen guten Wein zu meinen Lippen, aber ich trage nur den Geruch von Farah an meinen Händen. Ich hatte ein wenig gezittert, als Alfred nach meiner Hand griff, fest und liebevoll. Ich zitterte damals, und ich zittere immer noch. Das war kurz bevor sie ihn steinigten. Kurz bevor ich seine sterbliche Hülle mit letzter Kraft wegtrug. Bis zu diesem Zeitpunkt hatten wir einander noch nie berührt, glaube ich. Er klopfte an die Tür, er lächelte, kein Körperkontakt, ich ließ ihn mit einer Geste eintreten. Als er mir von seiner List erzählte, war er ziemlich stolz auf sich.

Ich wagte nicht, ihm zu sagen, dass diese List niemanden außer ihn selbst befriedigen würde. Dass das Leben und die Monate, die ins Land gingen, uns noch einholen würden.

Ich sagte ihm, das sei eine wunderbare Idee. Eine Sekunde lang dachte ich sogar, dass das Leben sich vielleicht damit zufrieden geben könnte. Darüber lachen und es gut sein lassen. Eine Sekunde lang glaubte ich, das Leben hätte vielleicht Humor, sei ein Schlitzohr, ein Jude aus Hollywood. Aber das Leben ist eine Schweizer Uhr.

Trotz allem war ich einverstanden, mich für Peter auszugeben und einen Brief an Naema zu schreiben. Ich erwähnte nicht die Tatsache, dass Naema nicht lesen konnte, ich gab nach, froh, dass in meinem Leben endlich etwas passierte. Alfred brauchte die Briefmarken von den Briefen meiner Schwester, brauchte meine Schrift und offenbar auch meine Kenntnisse bezüglich Frauen.

»Er wird ihr bestimmt schon geschrieben haben«, versuchte Alfred sich selbst zu überzeugen, »der Brief verspätet sich nur. Wir nehmen die Wahrheit nur ein bisschen vorweg. Also?«

»Also was?«, fragte ich.

»Was würden Sie einer Frau schreiben?«

»Ich? ... Ich würde ... Ich würde ihr sagen, dass sie schön ist ...«

»Jetzt hören Sie aber auf, Simon! Die beiden haben *es* doch schon miteinander getan!«

»Und das macht sie weniger schön?«

»Meine Güte! Sagen Sie ihr, dass Sie darauf brennen, sie wiederzusehen! Dass Sie sie verschlingen möchten, beißen, mit Küssen ersticken!«

»Gut, dann machen Sie mal, wo Sie sich doch so gut auskennen! Sie diktieren, ich schreibe.«

»Jetzt fangen Sie nicht so an!«, sagte Alfred, dem seine gewagten Worte die Röte ins Gesicht getrieben hatten. Und er ging aufgebracht hinaus.

In der Straße blieb er einen Augenblick stehen, gab einer imaginären Taube einen Fußtritt und kam wieder hoch.

»Na gut, Simon, es gibt nur Sie und mich, so ist das halt. Jetzt sind Sie wohl sehr zufrieden mit sich, oder?«

Mir war nicht ganz klar, worüber ich mich seiner Meinung nach hätte freuen sollen, aber es stimmt, ich lächelte. Und meine Finger, voll von Farahs Geruch, freuten sich plötzlich, gewannen an Schwung bei diesem eilig dahingeschriebenen Brief, unter dem nervösen Diktat von Alfred, der mit Worten den Körper von Naema erkundete. Es war früh am Morgen, ich hatte einen Schlafanzug und Cowboystiefel an, ich fühlte mich wie ein Mann, ich fühlte mich schön, ich fühlte mich wie ein Amerikaner.

Jenny saß vor ihrem vollen Teller und erinnerte sich an ihr letztes Thanksgiving. Sie, ihre beiden Kinder und ihre Schwiegermutter an dem weiß gedeckten Tisch. Sie hatte für Peter ein Gebet gesprochen, dass er wiederkommen, dass er am Leben bleiben möge. Ihr Mann war seit September weg, man sprach von einem baldigen Ende. Jenny hatte einen wunderbaren Truthahn zubereitet, mit ihrer Perlenkette und ihren eleganten Tränen. Sie hatte an ihre Inszenierung geglaubt, sich durch ihre eigenen Emotionen überraschen lassen. Sie hatte ihre Schwiegermutter fest in den Arm genommen. Jenny mochte sie gut leiden. Die beiden Frauen hatten eine Art stillschweigendes Abkommen über die Aufteilung ihrer Einflussbereiche auf Peter. Der arme, der weiche, der nette Peter. Peter, der sich in den Armen von Naema einen Dreck um sie scherte. Jenny dachte an die auf dem Sofa gestrandeten Geschenke, die toten Muscheln glichen. Kein Meeresrauschen. Das Thanksgiving war leise gewesen wie die Nacht. Hatte Peter vielleicht laut geschrien, als er kam? Hatte sie ihm Zärtlichkeiten zugeflüstert? Hatte er ihr übers Haar gestreichelt?

Jenny quälte sich mit nicht enden wollenden Fragen. Jeder neue Gedanke war eine Zigarette, die auf ihrem Herzen ausgedrückt wurde und zu den anderen Kippen kam, die von den Kümmernissen des Lebens geblieben waren. Und doch lächelte sie an diesem Abend, wenn Peter sie anschaute, und er fand sie schön. Er hatte bemerkt, wie viel Mühe sie sich gemacht hatte, abzunehmen, und ließ sich von ihrer plötzlichen Lust auf Sex anstecken, die Jenny in ebenso unwahrscheinlichen wie erregenden Momenten überkam.

Für mich blieb Kabul, wie es immer war, verbeulte Schilder, tröstlich feste Gebetszeiten, die Stimme des Imam mitten in der Nacht, das Leben, das stehen blieb. Diese Kommata in dem langen Satz meines unauffälligen Lebens.

Alfred wachte nun früher auf. Manchmal sogar nachts, die Kehle ausgetrocknet. Das Beten schien ihm zu lang. Er wollte seine Tage nicht unterbrechen, nicht den Zeitpunkt hinauszögern, an dem er sie wiedersehen würde. Sie, endlich.

Sie, sein Komma, sein Gebet. Sie, deretwegen Kabul für Alfred nicht mehr dasselbe war. Er wollte sie sehen, bald, immer. Er wollte den Lauf der Dinge aufhalten, mit seinen neuen Kräften die Gewalt abwenden, die in Kürze über Naema hereinbrechen würde.

Und doch, was konnte er tun, außer ungeduldig abwarten?

Wohin gehen?

Wie lange konnte er seine erfundenen Geschichten durchhalten?

Und die Hoffnung, in der er sie wiegte, war sie nicht noch mörderischer?

Fliehen?

Sie würde das Land nicht verlassen dürfen.

Unverheiratet, ohne die Erlaubnis ihres Vaters. Weggehen? Um wo zu leben? Und wovon? Irgendwo in der Wüste? Das Kind zwischen den Felsen zur Welt bringen?

Alfred wartete also. Er stürzte sich in die Arbeit, in den Lärm, in seine Gleichungen und seine Spaziergänge. Um nicht an das Kind zu denken, das zusammen mit seiner Liebe wuchs, an die Gewissheit, dass das Ende bevorstand. Dass sie sterben musste, weil sie lebendig gewesen war. Weil sie einen Mann begehrt hatte, weil sie hatte, weil sie war. Weil ihre Liebe voller Lust gewesen war? Frauen haben keine Lust zu empfinden. Sie haben die Schenkel zu öffnen, um sich den Bauch schwellen zu lassen, um die Gattung zu erhalten, ganz sicher nicht, um zu genießen.

Er hasste die Gebete, diese Kommata, die sein Leben zerstückelten und ihn zum Nachdenken zwangen.

Er hasste den Gedanken, dass man sie im Namen der Gebete bald töten würde.

Wenn sie bloß am Ufer eines Meeres leben würden. Der Gedanke wegzugehen, wäre ein ganz anderer gewesen. Selbst wenn sie nirgendwo angekommen wären. Selbst wenn sie dazu verurteilt gewesen wären, mitten auf dem Wasser zu sterben. Im Wasser sterben, das ist ein wenig wie geboren werden.

Als Alfred eine Kerze anzündete und Naema eine peinliche Vertrautheit sich über die Stille legen fühlte, wollte sie weglaufen. Der Taubstumme war eingeschlafen, sie weckte ihn, und er fuhr mit einem Ruck auf. Sie hatte nicht gemerkt, wie die Sonne ihren Kopf in den Sand gesteckt hatte. Es war spät, viel zu spät, denn die Nacht traf zusammen mit ihr ein. Der Vater wartete vor der Haustür.

Naema log und weinte, und der Vater glaubte ihr. Sie erzählte von ihrem Nachmittag am Grab dessen, den sie gern zum Ehemann gehabt hätte, sie weinte über die Ungerechtigkeit des Lebens. Und mit der Lüge floss die Wahrheit in ihren Tränen.

Und dann sagte sie noch, dass sie Mühe hatte, ihren Bruder wachzubekommen. Er hatte die Geste verstanden, nickte mit gesenktem Blick und fing sich einen kräftigen Hieb über den Kopf ein.

Während des Essens mied die Mutter Naemas Blick, aber als alle zu Bett gegangen waren, kam sie zu ihr ins Zimmer und gab ihr eine Ohrfeige.

»Was hattest du bei diesem Juden zu suchen? Man hat dich gesehen, ein paar Mal schon. Weißt du denn nicht, dass er Jude ist?«

Naema verstand nicht, und ihre Mutter schlug weiter auf sie ein. Nicht, weil sie zu einem Mann ging, sondern weil er Jude war. Und Naema wusste weder, dass Alfred Jude war, noch, was das für eine Krankheit sein sollte. Sie hoffte nur, dass es dem Baby nicht schadete.

Am folgenden Tag ging Naema nicht zu ihm, und auch nicht am Tag darauf, aber schließlich brauchte sie Neuigkeiten über Peter. Sie drückte schüchtern Alfreds Tür auf. Sie gaben dem Taubstummen zu essen, und er lächelte.

»Alfred, stimmt das, was man über Sie sagt? ... Dass Sie Jude sind?«

»Ich wusste nicht, dass man das sagt.«

»Und, ist das schlimm?«

Alfred dachte, dass Menschenkörper eigentlich nur Hüllen im Dienste von Ideen waren. Die Ideen folgten, wie die DNS, einem immergleichen Schema, immer auf der Suche nach Lösungen, fieberhaft danach strebend, die Unendlichkeit sterben zu lassen. Er hatte die Bescheidenheit zu meinen, sein Körper sei für bestimmte Ideen nur ein nützliches Glied in einer Kette, und er hatte das Selbstbewusstsein zu glauben, die bestentwickelten Ideen hätten ihn erwählt, um von dem außergewöhnlichen Räderwerk seines Gehirns zu profitieren.

Alfred überprüfte seine Theorien anhand einer jeden Revolution. Bei allen neu herausgegebenen Romanen, die die gleichen Geschichten erzählten, bei jeder Melodie, die von unzähligen Mündern gesummt wurde.

So hatten einmal an zwei verschiedenen Punkten des Globus zwei besonders gut bestückte Gehirne die gleiche junge Idee aufgeschnappt, und die Elektrizität wurde erfunden, fast zum gleichen Zeitpunkt, von zwei Menschen, die nie zuvor miteinander gesprochen hatten.

Er war sich nicht sicher, ob es überhaupt gute oder schlechte Ideen gab. Er meinte, dass Ideen, die andere Ideen töteten, ihre Gründe haben mussten und dass die menschlichen Wesen nur kleine, unbedeutende Hilfskräfte waren, nichtige, vergängliche Werkzeuge im Dienste von Ideen.

Diese Theorie entsprang Alfreds Hirn an seinem achten Geburtstag. Eine Idee, begierig, ihm das Geheimnis ihres Ursprungs zu enthüllen, musste sich in ihn geschlichen haben und war geblieben, dort, wo sie sich verstanden und geliebt fühlte. Diese kleine Idee hatte Alfred geholfen, zu überleben, diesem Alfred, der einen Zug voller Körper voller Ideen wegfahren sah; die von anderen Ideen ohne Gewissensbisse verbrannt werden würden. Unter diesen Körpern waren die seiner Eltern und seiner Schwester, unter diesen Ideen war vor allem die seines Vaters, eines kabbalistischen Mathematikers, der keine Lösung der sein Leben entscheidenden Gleichung zu finden vermochte, weder in Zahlen noch im Göttlichen. Der nicht verstand, wie all diese Körper in diese viel zu kleinen Waggons passten. Wie all diese Schreie aus diesen zusammengedrückten Körpern herauskamen. Der nicht verstand, warum er damit einverstanden war, dass sein Sohn Alfred auf dem Bahnsteig bei der Nachbarin blieb, die für ihre Denunziation soeben eine Belohnung eingestrichen hatte. Der aber wusste, dass es so sein musste, dass man eine Chance, eine Hoffnung säen musste. Auf dem Bahnsteig hieß Alfred, die Schultern durch die dicken Hände von Frau Lodzi umklammert, die kleine Idee willkommen und behielt sie, um zu überleben: Körper waren ohne Bedeutung, so lange er sich der Ideen seines Vaters erinnerte.

Frau Lodzi hatte keine eigenen Kinder. Sie hatte ihren Körper in den Dienst einer Eitelkeit gestellt, die sich in ihr trotz ihrer Hässlichkeit ausgebreitet hatte. Es fehlte ihr ein zu ihren Hüten passendes Kind. Als sie begriffen hatte, dass Alfred, der auf diesem Bahnsteig vor diesem dampfenden, spitze Pfiffe ausstoßenden Eisenberg hin und her irrte, zur Verfügung stand, packte sie ihn, wie man sich eine Handtasche im Ausverkauf schnappt.

Sie hatte ihn immer schon niedlich gefunden, und dass er klein war, ließ ihn noch niedlicher erscheinen. Sie zog in der darauf folgenden Woche in die Stadt um; ihr Mann war befördert worden, woran ihre massiven Denunziationen von Juden nicht unbeteiligt gewesen waren. Es war gerade genug zusammengekommen, um ihren neuen Sohn einzukleiden und mit allen Accessoires einer perfekten Frau anzutreten.

Die »Übergabe« Alfreds an Frau Lodzi wurde in einem einzigen Blick zwischen seiner Mutter und der anderen vereinbart, in einem Frauenblick. Frau Lodzi hatte sich als Siegerin gefühlt, Alfreds Mama ebenfalls. Die Idee hatte in der Luft gelegen und die beiden Frauen hatten sie ihrem jeweiligen Leben angepasst.

Alfreds Mutter fand noch die Zeit, ein Lächeln in die Tasche ihres Sohnes gleiten zu lassen. Sie wusste, sie würde ihn nicht wiedersehen, und sie hielt ihre Tränen zurück, während sie Sabina, die ältere Tochter, in den Zug schob, damit sie keine Fragen stellte.

Alfred blieb zurück, sein letzter Blick galt dem Vater.

Er hatte nie vergessen, dass er Jude war. Dieser Gedanke und seine Erinnerungen blieben für ihn fest miteinander verknüpft, und er rief sich die Gebete täglich ins Gedächtnis. Aber die Vornamen seiner Eltern, die hatte er an jenem Tag vergessen.

Das erzählte er Naema. Das also waren Juden: Ideen, die man in Körpern verbrannte, in ganzen Waggonladungen, Kinderideen, versponnene Ideen, finstere Ideen, Ideale. *Das* war das Ansteckende an Alfred. Ideen, die leben. Die Idee, dass sie eine Frau war, dass sie lieben konnte, dass ihr Gesicht keine Provokation, sondern der Beweis der Existenz Gottes war, dass ihre Nacht mit Peter etwas Schönes und Edles war.

Ich hätte einen Tag länger gebraucht, nur einen Tag, vielleicht hätte sogar eine Stunde genügt. Dann hätte ich es geradeheraus gesagt, ich hätte ihm gesagt, dass er mein Freund war. Nur das. Ich habe es nicht gekonnt. So viel Zeit hat man ihm nicht gegeben. Und ich habe sie dem Schicksal nicht gestohlen. Ich verfluchte diese Stunde, ich habe mir eingeredet, dass er es wusste, dass man doch weiß, was in dem anderen vorgeht. Ich war feige. Ich wollte überleben. Ich habe ihn gehen lassen, glaubte mein Leben zu retten. Ich wusste nicht, dass es mir von da an unerträglich sein würde.

Jenny weinte wenig, litt aber sehr. Sie fühlte sich dick, fettleibig wie Mrs. Stew, die *next door* wohnte. Sie fühlte sich schwer von Peters Geheimnis, von allem und jedem erschöpft. In Momenten hysterischen Überschwangs ging sie zum Sport. Sie belegte Gruppen-Spinningkurse. Dicke Weiber, die ins Leere traten. Ein hyperventilierender Trainer, der sie ansporne: »Los, bewegt eure Ärsche, ihr fetten Kühe!« Und die Tränen flossen zusammen mit dem Schweiß, in einem Abwasch.

Sie fühlte sich dick, aber leer. Voll von Lächeln in Serie. Voll von Kuchenrezepten, die sie bis auf das i-Tüpfelchen befolgte. Auf keinen Fall mehr Schokolade. Backzeit zwanzig Minuten. Keine Überraschungen. Kein Geruch von Angebranntem.

Aber das … das war nicht geplant, Afghanistan nicht, dieses Mädchen nicht und auch nicht, dass Peter ein weiteres zeugte. Ja, dieser Fötus brachte Jennys ganzes Leben durcheinander. Manchmal sagte sie sich, man müsse das alles wie eine Chance betrachten. Man müsse mit allem brechen, ganz von vorne anfangen. Andere Männer kennen lernen, mit ihnen ins Bett gehen.

Aber sie liebte Peter, vor allem, seitdem er in ihren Augen ein anderer war als der Peter ihrer Vorstellung.

Jenny dachte früher, dass sie ein außergewöhnliches Leben würde führen können. Als sie jünger war, sah sie sich als First Lady. John-John hatte ihr eines Abends zugelächelt. Sie war auf eine unauffällige und beruhigende Art hübsch. Ihre Eltern waren Menschen ohne Geschichten. Sie hatte das richtige Profil. Heute führte sie ein banales Leben. Selbst wenn ihr Mann etwas Außergewöhnliches tat, schaffte er es, etwas Banales daraus zu machen. Jetzt war er ein großer Reporter und sie war die Gehörnte.

An jenem Tag, als sie auf ihrem Spinninggerät in die Pedale trat, hatte ihr eine Frau einige Male vertraulich zugelächelt. Jenny lächelte zurück. Jeder im Club wusste, wer sie war. Sie stammte aus dem Iran und war mit einem Hollywood-Produzenten verheiratet.

Jeder wusste, wer Farah war. Niemand konnte sich vorstellen, dass sie einmal die Frau von Simon gewesen war, meine Frau, die Frau eines Schusters in Kabul. Niemand konnte sich vorstellen, dass dieser Schuster Briefe schrieb, die Peter nie schreiben würde. Dass er Briefe an die Frau schrieb, die in Jennys Vorstellung lebte, die sie sich in wilden Farben ausmalte, an der sie seit vierzig langen Nächten in ihren Albträumen herumkritzelte.

Niemand außer mir. Ich musste mir einfach vorstellen, dass Farah in diese Geschichte hineingehörte, auf die eine oder andere Art. Ich habe gehofft, dass die erste Liebesgeschichte von Alfred mir dabei helfen würde, mit meiner eigenen fertig zu werden.

Vielleicht ist Farah tot? Vielleicht hat sie nie existiert, weder in Los Angeles noch im Iran. Farah, das ist vielleicht meine Angst vor den Frauen.

Vierzig Nächte waren vergangen, seitdem der in Kabul aufgegebene Brief angekommen war. Vierzig Nächte, zusätzlich zum ersten Monat und den Tagen der Ungewissheit.

Naema war seit mehr als drei Monaten schwanger.

Sie musste immer verzwicktere Listen anwenden, um Alfred zu sehen, um sich an die Hoffnung zu klammern. Eines Morgens kam ihr auf der Straße ein Inder entgegen. Wie alle Inder in Afghanistan trug er ein Stück gelben Stoffs über der Brust. In ihren Augen war das immer vollkommen normal gewesen. Es war wie die Verlängerung ihrer Hautfarbe, ihrer seltsamen Gesichter, die zu fürchten man ihr beigebracht hatte. An diesem Morgen sah sie den Inder mit anderen Augen, als ein menschliches Wesen, das vielleicht Sorgen hatte. Und als der Inder stolperte, wollte ihm Naema instinktiv aufhelfen. Da stürzten Männer herbei und prügelten auf ihn ein, er hatte eine Frau im Tschador berührt. Eine afghanische Frau, berührt durch einen Inder. Und der arme Inder, bereits zu Boden gegangen, musste tausend Hiebe einstecken, von all diesen zufällig vorbeigekommenen Männern, die gegen ihren Hunger anprügelten, gegen ihr Elend und die Narben ihres Landes. Ihr Bruder sah, dass geprügelt wurde, also schlug auch er, so wie man ihn zu Hause schlug, es gefiel ihm.

Naema lief schnell, ihre Übelkeit stieg in Wellen, bis zum Hals, bis zum Herzen, bis zu Stellen, die sie nicht kannte. Bis zu ihrem Kummer, bis zu dem Kloß, der nicht mehr wegging aus ihrem Hals.

Sie lief noch lange allein durch die Straßen. Ein Hirseverkäufer spie vor ihren Füßen aus und verfluchte sie. Sie war ohne Eskorte unterwegs. Dort hinten schlug ihr Bruder immer noch zu.

Man erforschte das, was man von ihrem Gesicht erspähen konnte, seine vagen Konturen unter dem Stück Stoff. Frauen ohne Begleitung sind selten in Kabul. Man hätte sie wegbringen können, so wie man einen Hund einsammelt, den man für einen Streuner hält, weil sein Herr nicht bei ihm ist. Ihre Mutter glaubte, sie sei unterwegs, um beim Weben von Teppichen ein wenig Geld zu verdienen. Sie aber ging nur den halben Nachmittag in die Werkstatt, die andere Hälfte verbrachte sie bei Alfred. Naema hätte nicht sagen können, warum sie sich derart in Gefahr begab. Sie fühlte sich verändert, als sei sie schon weggegangen.

Alles würde anders werden, sie fühlte es. Niemals würde Gott zulassen, dass diesem Kind der Liebe etwas Böses geschähe. Denn er war es, der es gewollt hatte, denn er war es, der sie einander in die Arme getrieben hatte. Beim Weben saß sie zwischen zwei Frauen mit verbrannten Händen, sie hatte einen Blick auf das Gesicht einer von ihnen werfen können, raues Pergament, mit Flammen beschrieben, mit ihrem Schmerz geprägt. Man sprach darüber in Kabul, viele Frauen verstümmelten sich mit Feuer. Es war ein Akt des Widerstands und des Stolzes. Um nein zu sagen, zu dem Ehemann, zu der Schwiegermutter.

Um zu diesem Leben als Tier nein zu sagen. Denn sie waren menschliche Wesen. Das wussten sie. Aber sie wussten nicht, was es Besseres für sie geben könnte. Ob Taliban oder die anderen Männer ... Für die Frauen änderte sich nicht wirklich etwas. Und doch lachten sie, man sah endlich ihren Mund, ihre Augen. Man sah, dass man sich ähnlich war. Bei allem, was war, hatten die Frauen die Gesichter der anderen Frauen vergessen … Sogar ihre eigenen mussten auf Spiegel verzichten. Auf Musik verzichten. Auf Bilder und auf Träume verzichten. Naema erinnerte sich der herausgerissenen Videobänder, die man zu Hunderten an die Fenstergitter gehängt hatte. Das Radio hatte man verstecken müssen. Naema hatte nicht zur Schule gehen dürfen, anders als ihr großer Bruder. Und ihr Vater hatte angefangen, sie zu schlagen, so wie man eine Diät macht. Ohne Vergnügen, widerwillig, aber mit sich im Reinen.

Arbeiten zu gehen, war ein jüngst erworbener Luxus. Weibliche Ärzte konnten endlich wieder Leben retten, ohne das eigene zu riskieren.

Man sagte, bald würden Frauen wählen dürfen. Wählen. Naema hatte nie etwas gewählt, außer Peter. Und sie hoffte, er würde sie noch vor den Wahlen da herausholen.

Zu Hause lachte ihre Mutter mit einer Nachbarin. Man würde wieder den Frauenpark öffnen! Einen großen, von Mauern umgebenen geschlossenen Platz, wo sie mit ihren Kindern zusammenkommen könnten, mit entblößten Gesichtern, wo sie sich schminken könnten, reden, und vor allem, wo es Schaukeln geben würde … Sie waren damit beschäftigt, die Aufgaben untereinander aufzuteilen: Pfefferminztee, Leseunterricht, und merkten nicht, dass der Taubstumme nicht da war.

Naema freute sich mit ihnen. Im Stillen aber dachte sie: sich freuen, worüber, Spaß haben, mit wem, reden, über was? Wird es ein Flugzeug geben? Wird sie fliegen können? Mit oder ohne Peter, sie wird weit weggehen müssen.

Schaukeln können den Himmel doch nur ein wenig kitzeln.

Peter dachte oft an Naema, an ihren Blick, in dem Angst und Begierde waren. An die Tränen, die seinetwegen in ihre Augen traten. Sie muss etwa achtzehn Jahre alt gewesen sein. Ihre Haut war weich, von der Burka viele lange Jahre geschützt. Sie war eine verbotene Nascherei, die er aus ihrem Bonbonpapier wickelte. Sie hatten sich zuerst fest in die Augen geschaut. Es gab Tränen, gegenseitiges Streicheln der Haare, auch Lachen gab es.

Dann hatte er sie geküsst und dann drang er in sie ein, als müsste alles so sein. Ganz ohne Unbeholfenheit, wie im Traum, wenn die Körper zusammenpassen, wenn aus zwei Wesen, die einen Augenblick zuvor nichts waren, eines wird.

Peter dachte daran, dachte immer wieder daran, im Auto, während des Essens, während er mit seiner Frau schlief. Bevor er Naema verließ, schrieb er seinen Namen und seine Adresse auf ein Stück Papier. Sie hatte die Hand auf ihr Herz gelegt und »Naema« gesagt. Und ihr Name kehrte unaufhörlich in seinen täglichen Gedanken wieder, in seiner Langeweile, in seinen Restaurantbestellungen.

Er hatte Chili con carne bestellt, nicht zu scharf. Sein Magen war empfindlich.

Seitdem er Naema in diesem Kellerloch unter dem Bombenhagel geliebt hatte, fühlte er sich männlicher. Er war selbstbewusster. Er fand Gefallen an dem Gedanken, ein Geheimnis zu haben. Zugleich hatte er das Bedürfnis, sein Geheimnis zu teilen, und er wusste, dass er es früher oder später Robert erzählen würde, seinem sogenannten Freund, einem Nachrichtensprecher, den er einmal im Monat sah, um sich von ihm auf den Arm nehmen zu lassen.

»Und, wie ist Afghanistan so?«, warf Robert lässig hin, als befragte er ihn zu seinem neuen Plasmabildschirm.

Und da erzählte Peter mit seiner neugewonnenen Männlichkeit, wie er in einem Keller eine junge Afghanin gebumst hatte, ein junges Mädchen, das noch nicht einmal Englisch sprach. Wie heiß es unter so einem Tschador hergehen konnte und wie stimulierend Bomben waren. Zum ersten Mal schien Robert an dem interessiert, was Peter zu sagen hatte. Also legte Peter noch ein wenig drauf, und dann stiegen ihm die Tränen in die Augen. Er gab vor, das Chili sei zu scharf und ging unter dem dreckigen Lachen von Robert in die Waschräume. Und während Peter in den mit Thymian parfümierten Toiletten bitterlich weinte, probierte Robert von seinem Chili und dachte bei sich, was für eine Memme Peter doch sei.

Einige Restaurants weiter, hinter einer Menükarte *light*, überlegte Jenny, was sie wohl bestellen musste, um in Farahs Welt hineinzupassen. Sie wählte einen einfachen Salat mit geraspeltem Parmesan, gefolgt von Seebarsch an Fenchelgemüse. Farah hatte nur »wie immer« gesagt, und der schöne Kellner hatte sich mit einem wissenden Lächeln entfernt. Sie gehörte zu jenen Frauen, die alles besser machten als die anderen. Jenny fühlte sich scheußlich, allein schon, weil sie die Namen der Lebensmittel ausgesprochen hatte, die Käsesorte, den Fisch. Farah war makellos, von der Fönfrisur bis zu den Pantoletten mit den zierlichen Absätzen. Jenny fühlte sich linkisch, hässlich. Seitdem Peter sie betrogen hatte, fand sie sich fett, plump, erbärmlich.

Farah wollte ein gemeinsames Abendessen mit ihren jeweiligen Ehemännern organisieren. Ihr Mann bereitete gerade einen Film über Afghanistan vor. Sicher hatten sie einander viel zu erzählen ...

Ob die Afghanin wohl Farah ähnlich sah? Ob sie wohl die gleiche, etwas hochmütig wirkende Kopfhaltung hatte? Den gleichen Schlampenmund? Die gleiche Ausstrahlung an der Grenze zwischen Vulgarität und Sexappeal?

Farah erzählte ihr, dass ihr erster Mann sie verlassen hatte und sie nie begriffen hatte, warum. Sie fand heraus, dass er in Afghanistan lebte, als sie die Scheidung einreichen wollte und einen Privatdetektiv engagiert hatte, um ihn aufzustöbern.

Das ist wahr, ich hätte mir gewünscht, dass sie mich gesucht und gefunden hätte, mich, Simon, mich, dessen Namen sie einst zärtlich geflüstert hatte, auch wenn es nur dafür gewesen wäre, das Recht auf Vergessen einzufordern.

Ich sehe alles genau vor mir, ich stelle mir vor, ich

hätte die Scheidungspapiere erhalten, mit ihrer Anschrift, wie eine Erlaubnis, sie wiederzusehen.

Sie hatte mich suchen lassen, um die Sache zu beenden, also unterschreibe ich, ohne ein einziges Wort. Damit sie ihren Fettwanst von Produzenten heiraten kann, damit sie jede Nacht auf ihn klettern kann und er ihr Filme gibt, die nicht laufen. Sie hatte vorgegeben, Jüdin zu sein. Sie sagte ihm, sie habe ihren Glauben aus Liebe gewechselt, sie habe sich im Iran eine Familie ans Bein gebunden. Er produzierte einen Film, in dem er aus ihr eine Heilige machte, und sie adoptierten ein Kind. Vor allem, damit sie ihren Körper nicht ruinieren musste, aber im Falle einer Scheidung alle Vorteile auf ihrer Seite hatte.

Ja, genau so stelle ich sie mir vor, berechnend und unfähig zu lieben.

Man servierte ihr wie immer Wokgemüse, ohne Sauce. Wie immer hatte sie nur die Hälfte ihrer Portion gegessen und einen Liter Cola light getrunken.

Natürlich hatte Jenny Farah nie kennen gelernt, aber ich weiß, dass Los Angeles eine Stadt voller Farahs ist, und wenn es auch nicht meine war, dann war es eine andere, ein anderes Miststück, eine Strafe.

Wieder zu Hause, machte sich Jenny Nudeln. Sie hatte riesigen Hunger und ihr war zum Heulen. Sie fand ihre neue Freundin faszinierend. Schließlich hatte sie sehr viel leiden müssen und verdiente es, jetzt glücklich zu sein. Als gute texanische Christin dachte Jenny, dass das Glück denjenigen zustand, die es teilten oder denen, die viel Leid erduldet hatten.

Seine Tränen hatten ihn selbst überrascht. Vielleicht war es die ganze Sache, nicht nur Naema, der Schock eines Landes unter Bomben, ja, vielleicht war es das.

Peter war besessen von der Erinnerung an Naema. Er wusste nicht wirklich, warum. Er war einer von denen, die keine Bettgeschichten hatten. In Sachen Liebe und Leidenschaft musste er anderen immer etwas vormachen. Er fragte sich, ob es ihr gut ging. Ob es ihr trotzdem möglich gewesen war zu heiraten. Er fühlte sich feige.

Aber Naema hatte ihn bestimmt schon vergessen. Er war nur eine Kriegserinnerung. Ein unscharfes Bild unter anderen Bildern von Bomben und Schutt.

Peter gab den Gedanken auf, irgendetwas zu unternehmen. Und außerdem, sie hatte ja seine Adresse, für den Fall der Fälle ... Peter hatte mit seinem Gewissen vereinbart, so zu tun, als wäre dort drüben nichts passiert.

Er beschloss, früher nach Hause zu gehen, um Jenny in den Arm zu nehmen. Er machte Musik an, er sang. Auf jeden Fall war er seit einiger Zeit spontaner, wilder, ein bisschen verrückt. Er gefiel den Frauen. Peter fühlte sich gut dabei, es nicht auszunutzen. Sein altes Adressbuch hätte reichlich hergegeben, aber er wollte sein Leben mit Jenny behalten, so wie man Rabattmarken behält: bringen nichts, geben aber ein gutes Gefühl.

Alfred pflegte zu sagen, dass die Menschen sind, was sie tun. Ich erinnerte mich daran, als Rulbuddin, Imam und Bruder von Naema, ihm in Allahs Namen den Schädel einschlug. Die Menschen sind, was sie tun, nicht, was sie sagen. Farah erklärte mir ihre Liebe, während sie sich im Spiegel bewunderte. Mein Vater drückte mich fest an sich, während er mir den Hintern versohlte. Meine Mutter weinte immer vor Lachen. Ich, ich tue nichts. Und ich werde, nachdem ich die Geschichte von Alfred erzählt haben werde, wie man mit dem Fuß ins Leere tritt, nichts mehr sagen.

Der Schwung lässt mich die blutigen Steine überleben, auch wenn ich auf allen vieren ende, auch wenn ich gar nicht zum Ende komme. Der Schwung meiner Feder auf dem Papier.

Ich habe für Alfred alles verschoben. Ich habe seinem Geist Platz gemacht, für den Fall, dass er sich ausstrecken möchte. Seine Leiche wird unter dem Sand ganz zusammengekauert sein. Unter den Steinwürfen hatte sich Alfred wie ein Fötus zusammengerollt. Ich habe es nicht über mich gebracht, ihn zu strecken. Ich habe es nicht über mich gebracht, seine Glieder zu brechen, um Gott zu zeigen, dass er mal gelebt hat. Ich habe nur einen seiner Finger angehoben und einen kleinen Stein in seine Hand gelegt, damit man glauben könnte, er habe sich verteidigt.

Am schwersten war es, nicht einfach nur Teil der Geschichte zu sein. Am schwersten war es, die Geschichte selbst zu sein. Eine Geschichte, die man im Viertel, im Café erzählte. Das Thema einer Reportage für den Kultursender. Alfred hätte eine Revolution angezettelt, wenn er gekonnt hätte. Aber nein, er hatte nur einem jungen Mädchen geholfen und das hatte ihn umgebracht.

Einmal besuchte uns so ein rothaariger Typ. Er schrieb über die neue afghanische Verfassung. Er fragte uns, ob wir die beiden Kabuler Juden waren. Er wollte ein Foto von uns, mit ihm selbst drauf. Er sah aus, als würde er sich wegen unserer Geschichte vor Lachen fast in die Hose machen. Bei Abendgesellschaften war ihm damit die Aufmerksamkeit sicher.

Er fragte uns, was wir hier überhaupt machten. Alfred antwortete, ein Kerl würde ihm ein hübsches Sümmchen schulden, und wenn er es erst einmal zurückhätte, würde er es auf irgendeiner Insel in Punch anlegen und versaufen. Ich sagte, das Klima sei gut für meine Knochen.

Er kapierte nicht, dass wir ihn auf den Arm nahmen und fuhr seinerseits fort, das Gleiche mit uns zu tun.

Mit sechzehn war Jenny schwer verliebt gewesen. Dustin war so alt wie sie. Er wollte Regisseur werden. Eine Art jugendlicher Dichter-Rebell, er hatte etwas Genialisches und sehr Intensives an sich. Er trug lange Mäntel und Anzüge über seinem zarten Knabenkörper und dazu weiße Tennisschuhe. Wenn er sie in den Arm nahm, war sie eine Heldin. Er machte aus jedem Augenblick seines Lebens eine Geschichte. Alles war dramatisch, kraftvoll. Wenn sie sich stritten, sagte er, er würde ihretwegen sterben, sich umbringen. Er trank literweise Whisky. Er konnte es nicht ertragen, dass Jenny einen anderen Mann auch nur anschaute, erzählte aber fröhlich seine kleinen Frauengeschichten von früher. Dustin hatte sie glauben lassen, er hätte eine schwere Herzkrankheit. Jede Sekunde verwandelte er in ein Drehbuch. Nach sechs Monaten Verliebtheit hatte Jenny genauso viele Kilos abgenommen. Er saugte sie aus; sie konnte nicht ohne ihn leben. Wenn sie sein Parfum mit Lavendelnoten roch, bekam sie Herzrasen. Sie hatte keinen Appetit mehr, es war wie ein erstes, nicht endenwollendes Date. Jenny war witzig, geistreich; mit ihm zusammen war sie nichts mehr. Sie war verängtigt. Sie verstand, dass man sie lieben konnte, aber sie verstand nicht, wie er sie lieben konnte, obwohl er sie doch gar nicht richtig kannte. An anderen Abenden dachte sie, dass keiner sie so gut kannte wie er, und es machte ihr Angst. Sie trennten sich, versöhnten sich wieder. Die Zufälle des Lebens brachten sie immer wieder zusammen. Sie liebten andere, ließen sich von ihnen andere Geschichten erzählen; ihre Geschichte war die einzige, die zählte. Sie trennten sich nie richtig, waren aber auch nie ein richtiges Paar. Als er sich endlich entschlossen hatte, sie in der Öffentlichkeit zu küssen, war Jenny inzwischen erwachsen geworden. Sie wollte mehr als nur Nächte voller Rausch, mehr als große Filmszenen mitten in Manhattan. Sie wollte einen ordentlichen Roman, mehrbändig. Sie wollte ein Kind. Dustin wich aus, als Antwort schlief er mit ihr. Zum Whisky kam jetzt Kokain dazu, aber seine schönen grünen Kinderaugen alterten nicht, sie blieben feucht glänzend in diesem ein wenig falschen Gesicht. Ihre dramatischen Nächte wiederholten sich, wie in einer Parodie. Und dann war sie Peter begegnet. Und das war's. Schluss, aus. Sie sah ihn auf der Straße, er hatte sie nicht bemerkt. Sie ergriff die Gelegenheit beim Schopfe, heiratete und flog davon nach Los Angeles. Peter hielt sie fest in seinen Armen. Peter bewunderte sie, er sagte, dass er sie liebte, ganz laut, vor aller Welt.

Jenny fühlte sich stark.

Heute, betrogen, bereute sie. Sie fragte sich, ob die New Yorker Nächte immer noch voller Kokain und Tränen waren. Ob Dustin wohl Kinder hatte ... Der Gedanke daran drehte ihr den Magen um, so wie damals der Whisky.

Jenny goss sich ein Glas davon ein. Sie hatte eine traumhaft schöne Tafel gedeckt, um Farah zu gefallen, und Sam, ihrem Mann und Produzenten ... Sie hatte sie zum Dinner eingeladen, zusammen mit dem Direktor der *Los Angeles Times*, dem Chef von Peter, und seiner zwanzigjährigen Frau.

Zwanzig, ein Alter, in dem sie noch mit Dustin schlief, ein paar Jahre bevor sie Peter traf. Damals hatte sie weder die Ambition gehabt noch hätte sie es fertig gebracht, mit einem mächtigen alten Mann zu schlafen. Ihre Wünsche waren simpel. Wie alle jungen Mädchen hatte sie davon geträumt, Schauspielerin zu werden, sie hatte einige kleine Schauspielkurse belegt und das Ganze ohne Bedauern wieder aufgegeben. Jetzt kam alles wieder hoch.

Dann klingelte es an der Tür, es war Zeit, sich von der Reue und dem Lächeln zu verabschieden, Gäste zu begrüßen und dem Hausmädchen aufzutragen, die Mäntel abzunehmen.

Ihre Fönfrisur war zu gefönt, ihr Kleid zu neu, ihr Ehemann zu abwesend, Jenny kam sich bescheuert vor. Das zwanzigjährige Mädchen war zwanzig. Farah war glänzend und lachte immer im richtigen Augenblick, nach einem kleinen Schluck Wein. Peter hatte von seinem Roman über Kabul erzählt, den er gerade schrieb, Sam Bernstein flüsterte ihm zu, dass er ihn gern vor der Veröffentlichung lesen würde. Sam kaufte viele Buchrechte. Peter wuchs um einige Zentimeter. Mit sich zufrieden schaute er Jenny an und vergaß, dass sie diese Begegnung ermöglicht hatte.

Der Nachtisch wurde aufgetragen, er war exzellent. Jenny hatte einen französischen Chefkoch kommen lassen, der bei den Kunden zu Hause kochte und die Gäste wie im Restaurant bediente. Sie hatte Birne Helene ausgewählt, Peter und sie hatten es in Paris bei Maxim's auf ihrer Hochzeitsreise gegessen. Peter verschlang die Birnen ohne einen einzigen Gedanken an seine Hochzeitsreise oder seine Ehe zu verschwenden ... Das zwanzigjährige Mädchen hatte abgelehnt, sie war allergisch gegen Zucker.

Jenny hatte die Rolle einer biederen Hausfrau perfekt gespielt. Obwohl sie jeden Augenblick aufspringen und hinausschreien wollte, dass sie betrogen worden war, dass ein Familienvater, der eine verschleierte Frau bumste, doch wohl ein viel besseres Filmthema sei. Aber nein, sie lächelte. Einmal hatte sie sogar die Gesellschaft zum Lachen gebracht. Sie unterhielten sich über Bush, über Bin Laden. Sam Bernstein fand Bin Laden gefährlich, weil er Charisma hatte und fotogen war. Aus ihm könnte man einen Star machen. Einige meinten, man würde ihn bald finden, andere, er sei bereits tot. Sie redeten über einen entzückenden Skiort in Frankreich, dann sind sie ins Wohnzimmer umgezogen. Farah trug Jenny gegenüber eine gewisse Vertraulichkeit zur Schau und einen unglaublichen Büstenhalter, der den Wonderbra zum Schnürkorsett degradierte.

Alle hatten »furchtbar« viel Spaß, man gab sich Küsschen zum Abschied.

Als sie weg waren, bedankte sich Peter nicht bei seiner Frau. Er fragte sie, ob das wohl jüdisch sei, Bernstein. Weil Farah doch irgendwie arabisch klänge ... Jenny klärte ihn auf. Peter sagte darauf, dass in der Filmbranche die Juden doch definitiv die Fäden in der

Hand hielten, oder etwas ähnlich Sachliches und Konstruktives.

Gefolgt von der witzig gemeinten Bemerkung, in der er in etwa schlussfolgerte, dass sie besser daran täten, in die Synagoge zu gehen statt in den Golfclub: das würde Zeit sparen …

Peter lachte ausgiebig über seinen Einfallsreichtum, und ging die Treppe hoch, um vor dem Fernseher einzuschlafen und sich vor Bin Laden zu gruseln.

Und Jenny weinte ausgiebig.

Es war ein Shabbat wie alle anderen auch. Alfred las vor, ich sagte *Amen* an den passenden Stellen. Er hatte Brot mitgebracht. Er brach es, tunkte es in Salz und sprach den Segen. Jeder aß sein Stück Brot. Dann hoben wir den Wein an unsere Lippen und sagten *Shabbat shalom*.

Es tat gut, das Gleiche zur gleichen Zeit zu tun. Zu wissen, dass Juden in der ganzen Welt Brot und Salz aßen, Wein tranken, die gleichen Worte sprachen …

Das beruhigte mich.

Alfred faltete seinen Gebetsschal, ich machte es ihm nach. Ich wusste, er würde mir jetzt einen Witz erzählen, den er die ganze Woche vorbereitet hatte, seitdem wir aus der Tür hinaus waren.

Alfred hatte eine schöne Stimme, und seine Art, die Gebete zu singen, brachte Farbe in meine Freitage.

Alfred legte den Schlüssel an seinen üblichen Platz, und ich prüfte nach, ob er auch gut versteckt war. Das wurmte ihn. Ich streckte mich, um ihn noch besser zu verstecken, und er seufzte schwer.

Das war es, was ich wollte, ich hatte ihn wieder geärgert. In einigen Augenblicken würde ich mich konzentrieren müssen, um nicht über seinen Witz zu lachen.

Wenn ich gelacht hätte, was wäre dann? Wir hätten Späße gemacht. Wir wären Freunde geworden und dann hätten wir das Jämmerliche unseres Lebens festgestellt. Nein, einander zu bekriegen machte Sinn. Nicht über die Witze zu lachen, war ein Ansporn, bessere zu erzählen.

»Sarah und Jakob liegen im Bett, nachdem sie einen halben gefüllten Karpfen genossen haben. Sarah schläft tief und fest, Jakob aber findet keinen Schlaf, etwas lässt ihm keine Ruhe.

Er weckt Sarah und fragt:

›Sarah, Sarah, warst du bei mir, als man uns in der Stadt dreckige Juden schimpfte, als wir noch klein waren?‹

›Natürlich, Jakob. Warum fragst du das? Ich hielt deine Hand, ich war ganz nahe bei dir ... Erinnerst du dich nicht?‹

Sarah schläft wieder ein, doch eine Stunde später weckt Jakob sie wieder und fragt, ob sie auch bei ihm war, als man sie bei den Deutschen denunziert habe. Worauf Sarah überrascht antwortet, ja, natürlich sei sie da gewesen, wie in allen schwierigen Momenten ihres Lebens.

›Und warst du auch da, Sarah, als wir in Auschwitz fast vor Hunger starben?‹

›Natürlich war ich da, Jakob, wieso fragst du mich das alles mitten in der Nacht?‹

›Weil, Sarah ... Ich frage mich, ob du nicht vielleicht Pech bringst.‹«

Ich habe nicht gelacht. Vielleicht hat er es für mich gesagt. Ich war da, in allen schwierigen Momenten meines Lebens. Ich ganz allein habe mir Pech gebracht.

Als ich nach Alfreds Tod in seine Wohnung ging, um nach Adressen von Angehörigen zu suchen, die ich hätte verständigen können, fand ich nichts.

Unter dem Bett von Alfred war ein Karton mit Schallplatten und ein altes Platten fressendes Abspielgerät für Kinder. Auf dem Plattenteller: die größten Tangohits.

Ich stellte mir Alfred vor, wie er nachts allein tanzte, die Musik wie ein Seufzer, wie Schnarchgeräusche, die einem Gesellschaft leisten.

Allein in seinem Schlafzimmer. Kabul schläft auf einem Auge, das andere blinzelt argwöhnisch. Kabul, das verfluchte, darf ihn nicht hören, den Tango. Und dennoch, Alfred hört ihn, Alfred tanzt. Und seine Tanzschritte, seine kleinen sicheren Schritte sind wie ein Jucken. Wie ein Kratzen, das das große Kabul stört und nicht zulässt, dass es tief und fest schläft. Dort unten, in einem Keller, machen junge Leute heimlich Musik. Mundharmonika, Töpfe und Darbukas. Ihre Haare trügen sie gern so lang wie ihre Väter die Bärte.

La melodia de nuestro adios … Miguel Calo singt *Yo soy el tango*, Alfredo Di Angelis, Astor Piazzolla, Horacio Salgan … Órquestra típica … So viele Tangoplatten wie ich Cowboystiefel.

Alfred tanzt. Er tut so, als wiege er eine Frau in seinen Armen. Noch nicht einmal hübsch. Nur eine Frau, die ihre Hand in seiner liegen lässt.

Naema vielleicht?

Vielleicht hatte er ihr am Ende sogar Tanzen beigebracht? Mit diesem kleinen Wesen in ihrem Bauch, das sie auf Abstand hielt, das ihre Herzen daran hinderte, einander zu hören.

Ich lege eine Tangoplatte auf. Chicken Street ist menschenleer. Gleich wird man einen Stein durch Alfreds Fenster werfen. Heute Abend tanze ich, ich bin allein in der Chicken Street, ich bin so allein.

Ich kann mich nicht entsinnen, auch nur den Schatten eines Hähnchens in der Chicken Street gesehen zu haben. Außer diesem feigen Huhn von Alfred, nicht ein Kikeriki, nicht ein Flügel, nicht ein Schenkel, nicht das kleinste Filetstück.

An der Ecke zur Flower Street, nicht ein Blütenblatt, nicht ein Düftchen, nicht ein Samenkorn, nicht einmal ein vergammelter Kaktus. Nur eine Straße. Ich habe mich immer schon gefragt, woher diese erbärmlichen Straßen diese zauberhaften Namen nehmen. Und wieso auf Englisch? Als wäre man in Notting Hill, an einem Weihnachtsabend mit Gelächter und Glühweinduft.

Bin ich vielleicht blind geworden für Blumen, seit sie mich verließ? Vielleicht bin nur ich es, der alles so hässlich sieht?

In der Chicken Street verfasst der öffentliche Schreiber seine Briefe mit der Pfauenfeder. Ich habe Alfred bei seinen Fleißübungen beobachtet. Seine Zungenspitze guckt aus dem Mund wie bei einem kleinen Kind. Mit der freien Hand scheint er ein Zwergenorchester zu dirigieren, das vor seinem Blatt Platz genommen hat.

Eines Abends, auf dem Weg zur Synagoge, zog ich ihn damit auf. Er nahm es mir übel. Er fragte mich, ob ich mir das *so* vorstellte, Jude zu sein, ob *das* der Shabbat-Friede sein sollte. Ich sagte ihm, dass, ja, genau das bedeutete es, Jude zu sein, zu lachen und sich lustig zu machen. »Ja, über sich! Sich über sich selbst lustig zu machen!«, schrie er, und hielt es für angebracht, mich daran zu erinnern, dass wir nichts gemeinsam hatten … Außer dieser Religion. Und auch das nur mit Einschränkung. Alfred glaubt nämlich, er sei jüdischer als ich, weil er seine Tefillin anlegt.

»Was soll das heißen, jüdischer?«

»Wie dümmer, nur anders herum.«

»Dann glauben Sie also, dass Rabbiner intelligent sind?«

»Ich glaube, dass sie jüdischer sind als wir.«

»Ich habe auch schon Hochstapler erlebt.«

»Wie meinen Sie das?«

»Dumme Rabbiner eben. Einen ganzen Haufen.«

»Es gab einen Haufen Rabbiner im Iran …?«

»Das ist nur eine Redensart.«

»Nur dumme Leute glauben, dass Redensarten genügen, um Gedanken voranzubringen.«

»Wieso? Weil vielleicht das Anlegen der Tefillin die Gedanken voranbringt?«

»In gewissem Sinne schon.«

Kann man überhaupt mit einem Typen reden, der von sich glaubt, jüdischer zu sein? Dicker, kahler, reicher, ja, aber jüdischer? Vielleicht lässt sich das mit einem Thermometer messen. Ich frage mich, nach welchen Kriterien die Nazis die Juden töteten. Die jüdischsten zuerst?

Aber ich habe mich nicht getraut, es ihm zu sagen. Ich finde ihn eher dämlich als jüdisch, aber ich wollte ihn nicht zum Weinen bringen.

Er schnauzte mich den ganzen Abend an. Während des Gottesdienstes machte ich dies falsch und jenes verkehrt. Ich goss zu viel Wein ein … Man sagt nicht *barou*, sondern *barourrrr*, und dabei bespuckte er mich mit seinem Speichel. Da platzte mir der Kragen, ich schleuderte mein Gebetbuch in die Ecke und ging.

Heute frage ich mich, was er wohl dort so lange machte, ganz allein. Er kam erst nach Stunden wieder, ich hatte mir schon Sorgen gemacht. Ich glaube nicht, dass er betete. Ich glaube nicht, dass er an den ganzen Schwachsinn glaubte. Wozu soll das gut sein, zu glauben, wenn man allein ist?

Ich glaube, dass er über diese Dinge nachdachte. Über den sinnlosen Aktionismus. Ich glaube, dass er dachte, dass wir beide mehr oder weniger jüdisch waren, dass es aber der Rest der Bevölkerung überhaupt nicht war. Er dachte, dass Naema der Steinigung nicht entgehen wird. Dass der Amerikaner nicht kommen wird, um sie zu holen. Dass er zwar bereit war, an Gott zu glauben, nicht aber an den Weihnachtsmann. Chicken Street war keine Straße in Notting Hill.

Unter der Herrschaft der Taliban machte ich den Vogel Strauß und Alfred den Pfau. Zwei äußerst respektable Haltungen in der Chicken Street.

Nach außen hin führte ich das Leben eines bettelarmen Mannes, aber im Iran war ich wohlhabend gewesen und es war immer noch viel Geld übrig, aber ich hatte weder Zeit noch Gelegenheit, es auszugeben. Ich hatte Angst, aber wer wäre schon auf die Idee gekommen, dass ich, Simon, der kleine Schuster, einmal am iranischen Königshof gearbeitet hatte? Alles in Dollar, sorgfältig zusammengerollt, verpackt und in kleinen Portionen versteckt.

Alfred stolzierte wie eh und je herum, schwang seinen Spazierstock und benahm sich wie ein Gutsherr auf seinen Ländereien. Ich glaube, die Bärtigen hielten ihn für verrückt. Wahrscheinlich amüsierten sie sich über ihn. Ein lächerlicher Jude, der mit seinem Hut herumläuft und sich für etwas Besonderes hält.

Alfred hielt sich über Wasser, indem er Koranpassagen einkürzte und daraus wunderschöne Kalligraphien machte. Ich lud ihn zum Essen ein, unter dem Vorwand, Angst vor der Einsamkeit zu haben. Ich mochte ihn immer noch nicht, aber ich konnte es nicht über mich bringen, ihn mit leerem Bauch ins Bett gehen zu lassen. Ich gab vor, ein gutes Geschäft zu machen: zwei Brote für die Kalligraphie meines Vornamens. Ich kaufte die Lebensmittel in verschiedenen Stadtteilen, damit niemand meinen Wohlstand bemerkte.

Musik, Radio, Fernsehen waren verboten, also sorgten wir selbst für Unterhaltung. Ich spielte Alfred Filmszenen vor, hauptsächlich aus Western, deren Dialoge ich noch auswendig konnte. Zum Spaß warf ich mich zu Boden, ich starb, ich rauchte. Ich machte auch die Filmmusik, tam, tam, wirklich dramatisch. Ich baute Spannung ein, ich küsste schöne Frauen. Alfred fand das alles überzeichnet, die Guten, die Bösen. Aber zu jener Zeit waren wir die Guten, ohne jeden Zweifel, und draußen lauerten die Bösen. Zum Glück sprach Alfred ganz wunderbar Englisch und konnte mir hin und wieder antworten.

»What are you here for?«

»This is my land, John.«

»Ha ... ha ... (*grausames Gelächter*) Is your name written somewhere?«

»Soon I'll write it on your ass.«

Peng, peng. Ping!

Virtuos handhabte ich meinen imaginären Colt, den ich einige Male um den Finger wirbeln ließ, bevor er wieder in meiner Hosentasche landete.

Nach meinem Western führte Alfred ein paar Zaubertricks vor, die er sich dank seiner Chemiekenntnisse ausdachte und die systematisch zu meinem größten Vergnügen misslangen. Zugegebenermaßen fehlte es uns an allem, und Bikarbonat lässt sich nicht einfach so durch Zucker ersetzen.

In jener Zeit beschloss Alfred, die richtige Synagoge zu schließen, er hatte Angst, man würde sie in Brand stecken. Ich habe den Verdacht, dass er mich danach den Weg dorthin absichtlich vergessen lassen wollte, um allein in Besitz des Geheimnisses zu bleiben.

Er erinnerte mich ständig daran, wie man zu der Synagoge gelangte, auf Umwegen. Jeden Tag änderte er Ausgangspunkt und Route. Er erzählte mir, wie er früher auf diesem oder jenem Weg dorthin gegangen war. In jenen Tagen richteten wir den Raum mit den Stühlen aus brüchigem Holz her.

Als ich nach dem Sturz der Taliban mit ihm über unsere richtige Synagoge sprach, über die mit den bunten Fenstern und einer Seele, gab er vor, nicht zu verstehen. Der Kerl ist verrückt. Einfach abscheulich. Er sagt mir, ich würde fantasieren. Es gäbe KEINE richtige Synagoge in Kabul. Und das Schlimmste ist, es hat funktioniert, der Weg fällt mir nicht mehr ein.

Das letzte Mal, als ich den Weg zu dieser Synagoge einschlug, war es der Tag nach Purim. Zu Ehren dieses Feiertags fühlte ich mich autorisiert, Alfred einen Streich zu spielen. Purim, das ist Freude, Karneval, Errettung der Juden durch die Königin Ester.

Ich dachte mir, Alfred verdiene es, ein wenig zurechtgestutzt zu werden. Ich machte mit Faiz ein Geschäft: meine pilzförmige Nachttischlampe aus den Sechzigern gegen eine Sprechanlage.

Ich befolge die Traditionen gewissenhaft, ich rühme Gott mit einem alkoholischen Getränk eigener Mischung, das in meiner Küche heranreift und an flüssiges Rattengift erinnert.

Außerdem ist es eine abgemachte Sache, dass ich an den auf Alkoholkonsum folgenden komatösen Tagen nicht in die Synagoge gehe.

Den Morgen nach dem Purimfest machte sich Alfred also ohne mich in die Synagoge auf.

Was er nicht wusste, war, dass ich an diesem Morgen lange vor ihm da war. Und dass ich mich in der vorhergehenden Nacht an nichts anderem berauscht hatte, als an der Vorfreude auf den geplanten Streich.

Am Vorabend hatte ich in der Synagoge ein Fenster angelehnt gelassen.

Mit meiner Sprechanlage ausgestattet, versteckte ich

mich so gut es ging in einer der Bänke, in denen normalerweise die Gebetbücher verstaut wurden. Eine Art Bibliothek unter dem Hintern.

Dann hörte ich ihn husten.

Ich wartete nicht, bis er zu beten anfing:

»Alfred!«, sprach ich mit mächtiger Stimme.

Und in einem perfekten Hebräisch:

»Alfred, ich bin es, dein Gott!«

Keine Antwort.

»Alfred! Ich bin Gott.«

Eine Stimme, weit schrecklicher als die Stimme Gottes, ließ sich vernehmen.

»Hören Sie mit dem Unsinn auf, Simon.«

»Aber ich bin Gott!«, wandte ich ein.

»Gott hat nicht so eine Stimme und wenn er zu mir spricht, ruft er mich bei meinem hebräischen Namen.«

Am Boden zerstört kam ich hervor. Ich hatte Rückenschmerzen. Später, nach Alfreds Tod, sah ich beim Ordnen seiner Papiere, dass sein religiöser Vorname Moses war.

Peter war von einer Gesellschaft für Frauenrechte zu einem Kongress in New York eingeladen worden, um über Frauen zu sprechen, mit denen er in Afghanistan zu tun hatte.

»Mit denen du zu tun hattest oder die du flachgelegt hast?«, fragte Jenny, und Eifersucht flutete ihren Bauch mit Säure.

Und Peter schien überrascht, er nahm sie in den Arm und sagte, dass sie die Einzige für ihn sei, dass er sie liebte, dass er sie nie betrogen habe, und einen Augenblick lang glaubten sie es beide.

Auf der Einladungskarte zu dem Kongress war ein wunderschönes Augenpaar, von einer Burka umrahmt, die ebenso blau war wie der retuschierte Blick. Die afghanischen Frauen waren zu einem Symbol für wiedergewonnene Freiheit geworden, zur Verkörperung der Frauenrechte.

Peter hatte mit den Fingern über die Karte gestrichen und sich an den blauen Nylonstoff erinnert, den er angehoben hatte, um in Naema einzudringen. Ihre Augen verschwanden bereits, ihr Gesicht war fast schon vergessen.

Er bereitete eine schöne Rede vor, er markierte sogar die Sprechpausen, die er der Emotionen wegen einlegen wollte, und fügte noch eine rationale, journalistische Komponente hinzu. Die Sachen in seinem Koffer waren schön gefaltet, mit der exakten Anzahl von Unterhosen und einer neuen Zahnbürste in seinem Kulturbeutel. Jenny hatte alles ordentlich eingepackt, als aufmerksame Gattin, die sie war. Sie wusste jetzt schon, dass dieser Spießer die kleinen Pflegeprodukte mitbringen würde, und Ahornsirup und Marmeladendöschen vom Frühstücksbuffet.

Sie brachte ihn zum Flughafen. Bevor er durch die automatischen Türen ging, drehte er sich noch einmal um, um zu winken, aber Jenny war schon weggefahren. Im Auto machte sie das Radio an, hörte aber nicht hin, ihr war übel, und sie hatte einen Kloß im Hals. Sie hasste Peter, sie hasste seinen gesunden Menschenverstand. Sie hätte explodieren, schreien mögen, ihn an den Haaren ziehen. Eine Frau bekam ein Kind von ihrem Mann.

Am Nachmittag ging sie zur Bank, um nachzuschauen, ob der Brief tatsächlich im Safe lag oder ob sie sich alles nur eingebildet hatte. Sie las ihn. Sie las ihn wieder und immer wieder. Dann las sie ihn noch einmal.

Noch am selben Abend verabredete sich Jenny mit ihrem Anwalt zum Dinner. Seit fast vier Jahren machte er ihr unschöne Augen, warf ihr begehrliche Blicke zu, die nichts anderes versprachen als eine schnelle Nummer, einen Moment ohne Illusion.

Sie stellte sich vor, dass sie die Details Farah erzählen und mit ihr zusammen darüber kichern würde. Dass sie sich schön fühlen, dass sie sich von Salatherzen ohne Vinaigrette ernähren würde. Sie würde ihren Po straffen lassen, ein Femme fatale aus sich machen. Sie hatte sich neue Dessous gekauft, den ganzen Tag nichts gegessen. Der Champagner wirkte umso schneller. Der geschiedene Anwalt hatte nicht vor, eine Liebesgeschichte daraus zu machen; die erste hatte sich als kostspielig genug erwiesen. Er wohnte in einem Haus, das von einem schwulen Innenarchitekten eingerichtet worden war, mit eingerahmten Landschaftsfotos an den Wänden. Ein Musterhaus, hätte man meinen können. Mit dem mustergültigen Liebhaber, den man sich für einen Abend mietete.

Jenny drückte die Haustürklingel und wartete eine ganze Weile. Sie hatte nicht fest genug gedrückt. Beim zweiten Mal klingelte es. Er hatte kein Dinner vorbereitet, nichts bestellt, er war sich sicher, dass sie miteinander schlafen würden, und es ging sofort los. Er küsste Jenny. Er schob ihren Rock hoch, zog ihren neuen Minislip aus, ohne einen Blick darauf zu werfen. Sie war ungeschickt, das erregte ihn umso mehr. Er liebte es, naive Hausfrauen flachzulegen. Er hatte keine Ahnung, warum sie sich dazu entschlossen hatte und es war ihm auch egal, früher oder später entschlossen sie sich alle. Er war gutaussehend trotz seiner harten Gesichtszüge. Sehr maskulin, sinnlich. Von der Sorte Mann, die Frauen lieber nicht begehren würden. Ein markantes Kinn, ein Blick, der anderen standhält, graumeliertes Haar.

Die ersten Minuten waren schwierig, Jenny war unfähig, sich in die Person hineinzuversetzen, die sie sein wollte, unfähig, mit der Person zu schlafen, die sie sich vorgestellt hatte und die sie jetzt bedrängte. Nur ein Anwalt, der vögelte, so oft es halt ging. Nichts von einem Helden. Nichts von einem Mann, der einem die Sinne raubt. Nichts von dem Mann aus ihren Träumen vom Vorabend.

In der Realität gibt es Gerüche, klemmende Verschlüsse, Lippen, die sich nicht verstehen.

Und dann schauten sie einander in die Augen. Irgendetwas verriet sie, und sie wurden zärtlicher, ihre Umarmung wurde enger, der Rhythmus verlangsamte sich, und sie konnten nicht anders, als einander wieder anzuschauen. Dieses Mal sahen sie sich. Und in den Augen dieses Mannes, den sie nicht kannte, fing Jenny an zu weinen.

Naema ließ ihren Kummer nach innen fließen, sie fühlte sich voller Tränen, ihr Bauch wurde dicker. Jamila, ihre Mutter, ließ sie von Mal zu Mal schwerere und undankbarere Aufgaben verrichten. Sie schickte sie mit großen Krügen zu ihren Freundinnen. Sie gab vor, Rückenschmerzen zu haben und trug ihr auf, den Tisch allein zu verschieben.

Jamila wusste es. Sie hatte es gewusst, als sie das traurige Lächeln ihrer Tochter sah. Sie fühlte es. Sie hätte sie gern in ihre Arme gezogen, sie beschützt, ihr die Haare gemacht, wie damals, als sie noch ein Kind war. Was war nur passiert?

Sie hatte heiraten sollen. Das Kleid war mit der allergrößten Sorgfalt genäht worden. Ihre Wäsche war fertig. Tischdecken. Betttücher. Und dann musste der Krieg kommen. Dann musste Naema eines Nachts fort, um die Atemmasken zu holen, die man ihnen versprochen hatte. Sie kam am frühen Morgen wieder, verändert, aber sie kam wieder. Und für ihre Mutter war es das Wichtigste.

Jamila war sehr traurig gewesen, als die Nachricht vom Tod des Verlobten von Naema kam. In dieser

Zwangsheirat hatte Jamila eine Hoffnung gesehen. Für Naema würde ihre Mutter immer für die glücklichen Tage stehen, Naema würde immer wieder zu ihr kommen, um sich bei ihr auszuweinen. Sie würde an den Liebesdingen keinen Gefallen finden, ein Kind bleiben. Die Traurigkeit Naemas hatte sie überrascht. Was verbarg sie unter ihrem langen Trauermantel? Wen beweinte sie?

Man würde sie ihr wegnehmen. Sie fühlte es. Man würde ihr ihre Tochter nehmen. Sie trug schändliches Leben in sich. Man würde sie töten. Sie schwieg und versuchte das Ungeborene zu töten, indem sie Naema zwang, so schwer wie möglich zu tragen. Naemas Kind töten, um sie zu retten. Ein Kind töten, um ihres zu retten.

Naema hatte nicht begriffen, dass Mütter alles sehen. Sie hasste sie. Sie hatte Angst, ihr Kind zu verlieren. Und damit alles zu verlieren. Sie ging geradewegs auf ihr Verderben zu, ihre einzige Hoffnung war die Erinnerung an das Gesicht von Peter, das allmählich aus ihrem Gedächtnis schwand. Und sie fühlte sich schmutzig, weil sie die Gesichtszüge des Mannes vergaß, den sie liebte.

Jamila hatte einen Entschluss gefasst. Sollte das Kind nicht von allein abgehen, würde sie Naema einen von alters her überlieferten Trank zu trinken geben. Sie würde dieses Kind töten, bevor man einen Verdacht schöpfte. Sie versuchte Zeit zu gewinnen. Sie sprach jeden Tag von Naemas angeblicher Naschsucht, damit sich die Familie an den Gedanken gewöhnte, Naema fülliger werden zu sehen.

Der Brief, den ich mit Peters Namen unterzeichnet hatte, war schließlich angekommen. Wir hatten etwas tricksen müssen. Die Briefmarke bastelten wir aus einem Cowboystiefel-Etikett, denn die Briefmarken von meiner Schwester hatten alle New York City als Motiv. Die Adresse schreiben. Das Papier vergilben lassen. Amerika ist so weit weg …

Alfred hatte es sogar fertig gebracht, einem französischen Journalisten einen echten amerikanischen Kaugummi abzuschwatzen: Marke »Hollywood«, Erdbeergeschmack. Er hatte es in den Umschlag gleiten lassen, als Liebespfand. Sehr bewegt las der alte Alfred den Brief vor. Das Gesicht von Naema hatte ihn vergessen lassen, dass es keinen Brief gab. Nur einen sinnlosen Versuch von zwei alten Juden. Für nichts und wieder nichts. Nach langen Diskussionen, der besten Schneider Osteuropas würdig, hatten wir uns auf eine Mischung aus unser beider Vorschlägen geeinigt, auf eine Mischung aus unseren Ideen über Amerika und über Peter, den perfekten Mann.

Liebe Naema,

ich schreibe Dir zu melancholischen Countrymusikklängen, ich habe umwerfende Cowboystiefel an den Füßen und Ronald Reagan, mein Pferd, frisst Heu vor der Ranch. Das ist Amerika …

Ich kann es kaum ertragen, Dich allein in diesem Land zu wissen.

Das Leben ist schon merkwürdig. Ich habe mich immer von Frauen und Liebesgeschichten fern gehalten, und nun, verloren in einer Kriegsnacht, in einem Aufwallen von Hoffnung, zeuge ich auf einmal Leben. Ich werde Dich holen, aber vorher muss ich noch eine Menge Dinge erledigen. You know what I mean? Ich erinnere mich an jeden einzelnen Augenblick, denn jene Nacht war die schönste in meinem Leben. Dein Körper ist göttlich, und ich kann es nicht erwarten, ihn sich runden zu sehen. Wir werden unsere Tochter Marylin nennen. Was meinst Du?

Ich werde Dir schöne Kleider kaufen und Du wirst Dich auf der Ranch wohl fühlen. Ich habe eine Herde von fünftausend Rindern, die ich für Stierkämpfe exportiere, wo sie tapfer zu den schönsten Tangomelodien der Welt kämpfen.

Ich sende Dir diesen Kaugummi als Liebespfand. Mit diesem Symbol der USA wirst Du den Geschmack der Freiheit an unser Baby weitergeben.

Ich werde zu Deinem Freund Alfred Kontakt aufnehmen, denn unter seiner Adresse schreibe ich Dir auch jetzt. Sein Name flößt mir Respekt ein. Vertraue ihm. Halte durch. Ich komme zusammen mit meinen tapferen Freunden.

Dein Peter

Alfred und ich waren stolz wie verrückt. Stolz auf die Glücksgefühle von Naema. Als ob das genügte. Als ob der falsche Peter auf einem Einhorn dahergeritten käme, um sie mit seinem Lasso zu retten.

Es fiel auf uns zurück. Mit aller Macht. Ein Gefühl der Verlassenheit, dumpf, beängstigend. Alfred und ich waren nicht länger Retter, sondern Handlanger des Henkers, Verräter.

Sollte Alfred Naema den Tango beigebracht haben, dann aller Wahrscheinlichkeit nach an jenem Tag. Sollte Alfred schließlich verstanden haben, was die tiefen Tangostimmen sangen, dann aller Wahrscheinlichkeit nach an jenem Tag. Ich lege eine Platte auf und versuche den spanischen Text zu verstehen:

Ich blicke dich an, meine Geliebte,
Die ich belüge, da das Leben es will.
Ich blicke dich an, meine Geliebte,
Dein Blick aber sieht das Morgen.
Dunkel ist's, meine Geliebte, dunkel
Und schwarz ist das Morgen,
Doch du glaubst daran heut Nacht,
Und in Wonne erstick ich die Sorge.

Ich möchte gern glauben, dass sie miteinander getanzt haben. Ich glaube es. Ich glaube, dass Alfred an jenem Tag glücklich war.

»Was soll ich jetzt tun?«

»Den Dingen ihren Lauf lassen, Naema. Warten. Auf den Rhythmus der Natur hören.«

»Welchen Rhythmus?«

»Aufstehen, wenn die Sonne es tut. Sich bedecken, wenn es kühl wird. Warten. Du wirst lernen, dein Schicksal in anderen Dingen erfüllt zu sehen, als in Männern.«

»Was sagte die Natur an dem Tag, als Ihre Eltern mit diesem Zug weggebracht wurden?«

»Die Natur … Ihr war kalt. Von einer Kälte, die einen bis ins Herz lähmt.«

Alfred erzählte. Vom Leben wusste er nichts, aber er wusste alles, was Menschen wissen, die viel Muße haben.

Die fünf heiligen Seen von Bandiani, zwischen rosafarbenen und roten Bergen eingeschlossen. Das blutfarbene Bannia-Tal, wie eine Vorahnung von Buddhas Tod. Ein mehr als eintausendfünfhundert Jahre alter Buddha. Ein Schönheitsfleck im Nichts. Über fünfzig Meter hoch. Er schien in dem Berg aufrecht zu schlafen. Er war durchlöchert. Durchlöchert von Kanoneneinschlägen, vom bösen Blick. Es sollen dort mitten unter den Vögeln die jämmerlichsten Troglodytenstämme gelebt haben. Doch das Tal blieb rot und jener Buddha ist gestorben. Sie haben ihn zerstört, Naema. Sie haben ihn zerstört, ohne daran zu denken, dass sie ihre eigenen Kinder ermordeten.

Auf dem Rückweg blieb ihr verblödeter Bruder stehen und sah einem Taschenspieler zu, der drei Ringe miteinander verband und sie wieder trennte. Erst blieben zwei übrig, dann keiner mehr.

Jamila hatte für ihre Tochter eine Suppe vorbereitet. Naema wollte sie nicht essen. Ihr war übel. Sie bat darum, sich hinlegen zu dürfen. Ihr Vater befahl ihr, zuerst den Boden zu wischen. Ohne es zu wissen, hatte sie das Gift verweigert. Ihre Mutter sah darin ein Zeichen Gottes und beugte sich seinem Willen.

In ihrem Bett kaut Naema ein kleines Stückchen Kaugummi. Das ist Amerika. Sie stellt sich ihr späteres Leben vor. Als sie noch ein Kind war, hatte sie einmal einen ägyptischen Film gesehen über eine Sängerin, die mit einem amerikanischen Milliardär fortging. Sie trug ein langes, mit Edelsteinen besetztes Kleid. Sie trägt das Kleid und schmiegt sich in Peters Arme. Ihr Kind schläft friedlich im Zimmer nebenan.

Naema versteckt den Rest des Kaugummis unter ihrem Bett. Sie ist erschöpft. Sie muss immer wieder an das traurige Gesicht von Alfred denken. Ob Peter auch ihn mitnehmen würde?

Naema hat geschlafen. Sie erinnert sich nicht mehr an ihren Traum. An diesem Morgen ist der Himmel rot. Sie weiß, dass sie dieses Land niemals verlassen wird, dass ihr eigenes Blut darauf vergossen wird, und das ihres Kindes.

Der geschiedene Anwalt lässt sich am Telefon verleugnen. Jenny hatte ihn berührt, ihn, der doch alle Zärtlichkeit vermeidet. Wenn sein Herz weich wird, ist das Spiel aus. Das weiß er. Er verwaltet seine Gefühle wie die Geschäfte seiner Klienten. Mit fester Hand und zu seinem Vorteil.

Jenny hatte zweimal angerufen und sich schmutzig gefühlt. Sie träumt davon, den Mann, den sie mit zwanzig liebte, wiederzusehen, einfach so, an einer roten Ampel. Sie würde den Kopf zu ihm drehen, er würde ihr zulächeln, es gäbe keine Fragen, er würde sie umarmen, für immer festhalten und das wäre alles.

Als Peter von seinem Kongress nach Hause kommt, will Jenny ihn nicht mehr anrühren. Er widert sie an. Sie weint ständig, ohne recht zu wissen, warum. Sie will den Anwalt nicht mehr sehen. Sie will ihren Mann nicht mehr sehen. Ihre Haare bleiben jetzt einen Tag zu lang ungewaschen. Sie will Farah nicht sehen, sie will nicht lächeln und *light* trinken. Sie läuft im Jogginganzug herum, sie schickt ihre Haushaltshilfe mit dem Code ihrer Kreditkarte einkaufen. Alles ist ihr egal und doch tut alles weh. Die Worte, die Luft, die Gesichter.

Als Peter von seinem Kongress nach Hause kommt, bestreichen die Kinder sich ihre Toastbrote selbst mit Erdnussbutter. Er küsst sie und holt aus dem Vorderfach seines kleinen Reisekoffers Marmeladendöschen und Leuchtkugelschreiber mit dem Schriftzug des Kongress-Sponsors. Er erzählt ihnen, dass er mit seinem Kumpel Richard in einer Karaoke-Bar war und Bruce Springsteen gesungen hat. Er läuft mit Elan die Treppe hoch, um Jenny zu umarmen. Er hört die Kinder herumflachsen und falsch *Born in the USA* singen. Er lacht mit. Er setzt noch einen drauf und tut so, als schrammte er auf einer Gitarre herum. Er lächelt. Seitdem er seine Haut riskiert hat, fühlt er sich wohler. Seitdem er von seinen Kindern bewundert wird. Er ruft nach seiner Frau.

»Jenny? Jenny Liebling?«

Jenny liegt auf dem Badezimmerboden. Sie weint, schluchzt krampfartig. Zuerst lässt sie sich in den Arm nehmen, klammert sich an ihn. Und plötzlich stößt sie ihn von sich, sie schreit, du widerst mich an, sie brüllt, er solle verschwinden, und die Tränen fließen unaufhörlich. Ihre Wangen sind heiß, sie weint, eine Stunde, vielleicht zwei, bis es sie schüttelt, bis sie fiebrig wird.

Peter begreift nichts.

Hätte Alfred Jenny kennen gelernt, wäre für ihn die sonderbare Ähnlichkeit mit Sylvia, einer argentinischen Freundin von Frau Lodzi, sicher frappierend gewesen. Diese Sylvia hatte ihm seine erste Tangoplatte geschenkt und seine erste Nacht mit einer Frau. Nicht seine erste Liebesnacht, oh nein, denn Liebe war es nicht. Seine erste sexuelle Erfahrung ... In Wahrheit, wollte man dem Ganzen einen Namen geben, müsste man von Vergewaltigung sprechen.

Sylvia Bergulli war die Frau von Fausto Bergulli, einem überaus reichen Auktionator aus Buenos Aires mit italienischer Herkunft. Ihr Mann hatte in Deutschland viele Beziehungen und hegte eine große Bewunderung für Hitler und für die Kunstsammlungen, die dieser den Juden gestohlen hatte. Er hatte daher angeboten, den glorreichen Feldzug des Reichs zu finanzieren. Er gab sehr viel Geld aus, um die Armee zu beschuhen, zu beadlern, zu behelmen, zu vergolden. Aber was war das schon im Vergleich zu den Vermeers, den Pissaros, den Monets, die er anlässlich seiner Besuche bei ehemaligen »guten Kunden« konfiszierte?

Die Bergullis, der eine mit Schnauzbart, die andere epiliert, machten häufig, von einer ganzen Division eskortiert, nette Ausflüge nach Frankreich, wo sie sich wie die Schweine mästen ließen, während im Haus nebenan vor Hunger krepiert wurde. Sylvia gefiel es, und es gefiel ihr, sich daran zu erinnern und etwas auf ihrem Teller übrig zu lassen …

Als sie diesen kräftigen dreizehnjährigen Jungen sah, bekam sie gleich Lust auf ihn. Trotz der Vorsichtsmaßnahmen von Frau Lodzi, die ihr Eigentum schützen wollte, hatte sie sofort gewusst, dass er Jude war. Doch die dicke Frau Lodzi passte auf ihn auf wie auf einen wertvollen Teckel, und so schien es Sylvia klüger, keinen Aufstand um den kleinen Lockenkopf zu machen. Doch sie gab Alfred zu verstehen, dass sie es wusste, also musste Alfred, um seine Haut zu retten, so tun, als schätzte er das Gespräch mit Sylvia Bergulli, ihre Ratschläge, ihr Getätschel und schließlich ihren Atem und ihre von argentinischer Sonne gegerbte Haut.

Als sie ihn vor sich mit heruntergelassenen Hosen stehen sah, lächelte sie: Sie hatte sich nicht getäuscht. Einen kleinen Juden zu entjungfern – gab es etwas Erregenderes?

Es passierte im harten Licht eines Nachmittags, sie behielt ihren Hut und ihre Strümpfe an und ließ ihn wieder von vorne beginnen.

»Du wirst dich dein ganzes Leben an mich erinnern«, flüsterte sie danach.

Ja, Alfred hatte sich sein ganzes Leben lang an sie er innert. Er hatte nie wieder eine Frau berührt. Sein Glied war einige Male steif geworden, aber es war immer mit Schmerz verbunden, mit der Erinnerung, dass er ein

Jude war und dass seine Eltern nicht mehr da waren. Er beruhigte seine Erektion wieder, so wie man ein krankes Bein massiert.

Einmal war es beinahe so weit. Mit einer Professionellen. Aber dann hatte er es sich anders überlegt. Er hatte Angst, ihr wehzutun.

Jenny sah aus wie Sylvia Bergulli, aber ihr Herz war völlig anders, es war wüst, freudlos, von einer brennenden Kälte vereist. Jenny glitt allmählich vom Schmerz in den Wahnsinn.

Später, eines Tages, werde ich ein Foto von Jenny sehen. Im Moment weiß ich es noch nicht. Ich weiß gar nichts. Trotz allem glaube ich noch, dass uns nichts geschehen wird. Uns doch nicht, den beiden Juden aus Kabul. Wir sind doch schon ausgestorben, wir interessieren doch niemanden.

Jenny hatte gedacht, dass sie all dem entgehen könnte. Dem ganzen Chaos. Dem Tanz in der Manege des Menschseins. Sie hatte gedacht, wenn sie einen Mann heiratete, der ihr nicht die Sinne raubte, würde sie die Kontrolle behalten. Sie mochte Peter wirklich gern, aber ihr Herz setzte nicht aus, wenn sie ihn sah. Sie mochte es, dass er sie von ganzem Herzen liebte. Sie mochte es, dass er sie anhimmelte.

Sie hatte sich an ihn und an seine Fehler immer mehr gewöhnt, und ihre gemeinsamen Erinnerungen hatten sich in ein Gefühl starker Liebe verwandelt.

Sie fand es gut, die Liebe gewählt zu haben.

Die Geburt ihrer beiden Kinder war für Jenny die Erfüllung ... Sie ließ ihnen eine perfekte Erziehung zukommen. Mit Ratgebern, die Monat für Monat befolgt wurden. Auch hier ließ sie nicht zu, dass die Dinge ihr entglitten, dass die Kinder ihre eigene Meinung hätten, sich Freunde aussuchten, die sie nicht mochte.

Peter war entglitten. Hatte Jennys Pläne zunichte gemacht.

Sie hätte lieben können.

Sie hätte zulassen können, dass die Liebe sie wählte.

Sie hätte es dem Leben überlassen sollen.

Sie hatte alles falsch gemacht.

In der Ferne, in einem Land, das sie nicht kannte, würde Peters Kind das Licht der Welt erblicken, während ihre Tage sich immer mehr verdunkelten.

In Naemas viertem Schwangerschaftsmonat, einem äußerst unangenehmen Januar, war viel Betrieb in meinem Schusterladen. Die Blasen davon habe ich heute noch. Ich bearbeitete das Leder in eisiger Kälte, und meine Hände schwitzten, ich blutete oft. Ich war einer der wenigen Schuster in der Stadt, und die Schuhhändler, zwei an der Zahl, von denen einer auf Babuschen spezialisiert war, waren für mich keine Konkurrenz. Die Menschen waren arm, aber der eisige Winter ließ ihnen keine andere Wahl, als ihre Schuhe, die sie zum Teil seit zwei Generationen besaßen, reparieren zu lassen.

Als ich Teheran und meine schöne Farah verließ, gab ich den Luxus auf, um wie ein Eremit zu leben. Ich verließ den Prunk, die Bälle des Schahs und die Füße der Frauen, die auf diesen Bällen tanzten. Damals beschuhte ich in Iran alles, was reich und schick war.

Mein Vater war ein bedeutender Hersteller von persischen Teppichen gewesen, die von ihm entworfen und von Hand gewebt wurden. Er kleidete die Böden des Palastes mit Farbe und Raffinement. Er nahm es mir nicht übel, dass ich nicht in seine Fußstapfen getreten war, er sagte sich, dass mein Sohn es schon noch tun würde. Mein Beruf erschien ihm wie ein sozialer Aufstieg, meine Schuhe liefen über seine Teppiche.

Wir verkehrten in der iranischen High Society und vor allem in der jüdischen Gemeinde mit ihren zahlreichen Frauen im heiratsfähigen Alter. Meine Mutter dachte an Rana, eine Mollige mit hellen Augen und einem drallen Lachen, mein Vater dachte an die Tochter von Jacques, einem Nougatfabrikanten, der eine Produktionsstätte im Norden Teherans besaß. Ich dachte an gar nicht. An nichts anderes als Schuhe. Spitze, mit hohen Absätzen, mit Blumenornamenten, mit Goldfäden bestickt, flache mit großen Schleifen aus Taft, Pantoletten, Mokassins, mit Riemchen, Stilettos, aus Leder, dem Stoff meiner Träume …

Ich dachte an ihre Füße, die Schuhe, die ich ihr überstreifen würde, aber ihr Gesicht … Ich fand es nicht in der großen Menge der heiratswilligen jungen Frauen.

Ich sah gut aus, man schaute mir hinterher. Ich mochte es, doch ich war mir nicht sicher … War es wirklich ich, den man sah?

Ich hatte den Ruf, ein eingebildeter Snob zu sein. In der Hauptsache war ich abwesend. Nicht wirklich scheu, einfach nur lustlos. Ohne Zukunftssorgen, da meine Vergangenheit ruhig und sorglos gewesen war. Ich hatte nichts, was ich hätte hinter mir abreißen müssen. Liebenswürdige Eltern, eine Schwester aus Porzellan. Eine sonnige Kindheit. Keine Fahrradunfälle. Keine Schreie. Keine Tränen. Keine streitenden Eltern. Auch keine, die sich zu sehr geliebt hätten. Gute Schulnoten. Freunde. Und später Frauen, die sich in mich verliebten. Was wollte ich mehr?

Was hätte ich mir noch wünschen sollen? Wovon hätte ich mich denn befreien sollen?

Das Einzige, was aus mir einen anderen Menschen machte als die, von denen ich umgeben war, war mein Judentum. Es wurde vornehm toleriert, aber wir blieben dennoch Juden.

Vielleicht war es, um endgültig in der Langeweile des Glücks zu versinken, dass ich mich entschloss, Farah zu heiraten, eine Nicht-Jüdin, arm und schön, die mir auf ewig hätte ergeben sein sollen.

Ich wollte alle Unterschiede ausmerzen, in ihre Gesellschaftsschicht, in ihre Normen eintauchen. Als existierte ich nur, wenn ich unter ihnen war, auf ihren Festen, in dem Fleisch von Farah, aber auf keinen Fall allein. Schuhe gibt es immer nur im Doppelpack.

Nachdem ich den Iran verlassen hatte, weigerte ich mich, auch nur das schäbigste Paar Schuhe herzustellen. Die Füße von Farah waren nicht mehr da. Es blieben nur schmerzende Fußabdrücke. Wie ein Abstinenzler bemühte ich mich, alle Bilder von Frauen aus meinem Geist zu verbannen. Aber es juckte mich in meinen schmerzenden Fingern. Ich war ein Designer, ein großer Künstler, der gezwungen war, Schuhe zu reparieren, die noch nie schön gewesen waren. Das Bedürfnis wuchs, wie die Lust zu leben. Wie das Verlangen, und das Kind, das Naema austrug.

An diesem Abend, bibbernd und trotz der vor Kälte steifen Finger, fing ich wieder an. Ich hatte ihre Schritte aus der Ferne beobachtet, ihre eiligen und verwirrten Schritte. Ich spionierte ihre Schritte aus, wie man einen wogenden Busen verstohlen beobachtet. Ich stellte mir ihre Füße in meinen Händen vor. Sie trug ganz einfache Ledersandalen. Größe achtunddreißig. Ich stellte eine Schablone für einen Frauenschuh her. Ich zeichnete sie, wie man die Hoffnung in Gefängnismauern ritzt.

An diesem Abend fing ich an, Naemas letztes Paar Schuhe zu entwerfen. Sie würden filigran sein. Weich, aber auch fest am Fuß. Geschwungen, gewölbt, aber natürlich und schlank. Die ganze Nacht lang habe ich sie mir ausgemalt, ihre Farbe, die feine Naht, das Material. Im Morgengrauen waren sie bereit, ihre Existenz zu beginnen.

In derselben Nacht zerstörte Jenny alle Symbole ihrer Weiblichkeit. Sie zerschnitt ihre Kleider, sie brach die Absätze von ihren Schuhen, riss die Spitzen von ihren T-Shirts. Sie spie auf ihre Stringtangas, sie schnippelte, sie schlitzte.

In derselben Nacht schnitt sie sich ihre Haare ab, begleitet von einer Mischung aus verrücktem Lachen und aus Schluchzern. Peter wusste nicht, was er tun sollte.

»Bist du verrückt, Jenny? Hör auf, bist du verrückt?«

Sie antwortete nicht, sie lächelte und Reste eines Lippenstifts, auf dem sie herumgekaut hatte, quollen aus ihrem Mund.

Sie hätte sich gewünscht, dass Peter sie tragen, sie beschützen, sie mit seinen starken Armen umfangen, dass er sie in ihr gemeinsames Bett legen und sie wie ein Kind zudecken würde. Sie hätte sich gewünscht, dass er ihr über das Gesicht streichelte, dass er über ihren Knabennacken lachte, dass er ihr sagte, dass das Haar wieder wachsen und die Liebe wiederkommen würde. Das alles hätte sie sich gewünscht. Aber Peter hatte Angst vor ihr. Er wusste nicht, was er tun sollte, und er rief die Eltern von Jenny an, so als riefe er den Kundenservice.

Jenny schluckte ihre Tränen herunter und brach stattdessen in lautes Lachen aus. Sie würde keinen Rückwärtsgang mehr einlegen. Sie hatte gerade vom Wahnsinn gekostet, Verbotenes gewagt, die Brücken zu dem, was man machen darf, abgebrochen. Sie rieb ihr Geschlecht, als wollte sie es herausreißen. Peter ging nach unten und goss sich ein Glas Cognac ein. Er schlief auf dem Sofa.

Am darauf folgenden Tag richteten sich Herr und Frau Grant im Haus ein. In dem Haus, das Jennys Eltern komplett bezahlt hatten, da sie eine weltweit bekannte Cornflakes-Marke besaßen. Deshalb hatten sie auch ihr eigenes Zimmer neben dem der Kinder, mit ihren eingerahmten Porträts an den Wänden.

Frau Grant trug zueinander passende Hüte und Handschuhe. Sie glaubte verführerisch zu sein, aber sie war abstoßend. Alles musste zu allem passen, immer. Die Socken zu der Bluse, die Brosche zum Gürtel. Eine alte texanische Vogelscheuche, verkleidet als die Königin von England.

Jenny würde nie wieder dieselbe sein. Während ihrer hysterischen Schübe hatte sie Lust, ihre Mutter umzubringen. Ihr Vater roch nach altem Mann und käute seine Erinnerungen wieder. Jenny aß nicht mehr; sie wollte Gewicht verlieren, so wie sie vor einigen Wochen ihr Handy verloren hatte.

Sie wollte vergessen, sie wollte vergessen werden, sie wollte sich in einer Wolke aus Bettdecken vergraben, aber selbst das Bett tat ihr weh. Alles war ein einziger heftiger Schmerz. Der Berg in ihr wuchs und wuchs.

Farah kam zu Besuch. Jenny hatte große Lust, ihr die mitgebrachten Rosen um die Ohren zu hauen. Jenny war überzeugt, dass sie sich ihren Mann gekrallt hatte. Im Übrigen war es ihr gleichgültig. Bald würde sie verschwinden. Ja, sie war leicht, leicht wie eine Feder, bald würde sie sich in nichts auflösen, und dann könnten sie lange nach ihr suchen …

Farah sprach, Jenny lächelte ohne zuzuhören, und dann ging Farah wieder weg. Das Leben ging weiter, das von Farah, aber nicht das von Jenny.

Frau Grant sprach noch lange mit Farah: »Es ist nicht zu fassen, eine so gute Mutter, eine tadellose Frau! Vielleicht ist das eine Krankheit, was meinen Sie?«

Farah meinte gar nichts. Sie hatte ein Date mit einem reizenden Anwalt, der ihr deutlich zu verstehen gegeben hatte, dass er sie begehrte. Sie fand es sehr amüsant, diesen Einfaltspinsel verrückt nach ihr zu machen.

An dem Tag, an dem ich mir vorstelle, was mit Jenny geschieht, stirbt Farah in meinen Erinnerungen, fast für immer.

Frau Grant gab sich die größte Mühe, die verschiedensten Gerichte für ihre Tochter zuzubereiten. Jenny ertrug noch nicht einmal deren Geruch. Es gefiel ihr, die Mutter zu kränken. Sie übertrieb ihre Ekelbekundungen. Frau Grant hatte während ihrer Wechseljahre eine kleine Depression durchgemacht und seitdem sagte man über sie ganz gern, dass sie ein wenig verrückt war. Im Vergleich zu Jenny war sie verzweifelt normal.

Sie war froh, nicht mehr die Verrückte der Familie zu sein.

Wie eine Betrunkene glaubte Jenny, ihr Leben immer noch unter Kontrolle zu haben und lehnte es ab, sich behandeln zu lassen.

Ihre Kinder taten ihr ein wenig Leid, aber sie sagte sich, dass deren Leben ganz sicher interessanter werden würde, wenn sie einen echten Schmerz zu verarbeiten hätten. Eine Mutter, die Brote mit Erdnussbutter bestreicht, hatte noch nie dazu getaugt, aus jemandem einen bedeutenden Menschen zu machen. Im Übrigen interessierten sie ihre Kinder nicht. Sicher, sie liebte sie, aber sie fand sich nicht in ihnen wieder. Sie waren mit so wenig zufrieden. Die Fernsehwerbung diktierte ihnen ihre Bedürfnisse. Die gerade angesagten Sänger legten ihnen die Worte in den Mund. Sie hatten keinen Sinn für Rebellion, keine Lust, die Welt zu verändern. Jenny war in ihrer Jugend politisch engagiert gewesen, leidenschaftlich. Sie hatte mit Männern geschlafen, ihre Eltern belogen. Und außerdem hatte sie sich fehl am Platze gefühlt, immer. Ihre Perfektion war Fassade. Eine glatte, aber feuchte Mauer, kurz vor dem Abbröckeln, kurz vor dem Einsturz. Eine Skulptur voller Risse.

Das Baby hatte sich bewegt. Zum ersten Mal. Naema war überwältigt, so als hätte sie endlich begriffen, warum sie geboren war. Zwischen ihr und Alfred stand ein Tisch. Der taubstumme Bruder hinter ihr schlief, wie immer. Aber, aus Angst er könnte aufwachen, führte Naema Alfreds Hand unter dem Tisch zu sich. Er legte sie auf Naemas Bauch, so wie man den ersten Kuss hinhaucht. Das Baby hatte sich wieder bewegt. Alfred hatte geweint.

In seinen Tränen war nicht nur die Freude, Leben zu spüren.

Es war das erste Mal, dass Naema einen Mann weinen sah.

Es war das erste Mal, dass Alfred eine Frau berührte, die er liebte.

Es war das erste Mal, dass sich das Kind bewegte.

»Wie soll es heißen?«

»Sie, es ist ein Mädchen …«

»Natürlich.«

»Marilyn, wissen Sie nicht mehr? Peter will sie Marilyn nennen.«

Das Kind hörte nicht mehr auf. Es trat in alle Richtungen. Naema berührte es durch ihren Bauch. Nur das Gesicht und die Augen waren die einer Mama; ihr verspannter Körper schien unter jeder Bewegung des Kindes zu leiden.

Alfred dachte, dass seine Schwester vielleicht irgendwo überlebt haben könnte. Dass er vielleicht Familie hatte.

An Alfreds vorletztem Shabbat gingen wir durch die zerbombten Viertel und die Friedhöfe, die zum Stadtbild gehörten. Wir wollten mehr von Kabul sehen als die Synagoge und die Chicken Street. Wir trugen Hüte, die Kippas hätten für gefährliches Aufsehen sorgen können. Der Samstag war kalt, aber sonnig. Wir hielten uns an die Tradition des Shabbat, und so arbeiteten weder Alfred noch ich an diesem Tag.

Wir grüßten den Barbier mit einer Geste.

Was machten wir hier? Was war es denn, wovor wir auf dieser großen weiten Welt ausgerechnet hierher hatten fliehen müssen? War dies der Ort, den wir uns erträumt hatten? Es war noch nicht einmal ein einfaches Land. Es war ein Land voller Geschichten, voll vergessener Menschen und Legenden. Ein Land mit einem harten und lauten Menschenschlag. Eine Spirale, eine nie enden wollende Baustelle. Ein Land zum Totschlagen, das aber nicht aufhörte zu überleben, das nicht aufhörte, immer wieder neu geboren zu werden. Eine Blume, die sich abmühte, unter einem Stein hervorzukommen.

Warum krebsten wir auf einem Weg herum, der nirgendwo hinführte? Warum sollten wir uns an unsere Traditionen halten? Für wen?

Wenn es Alfred nicht gegeben hätte, hätte ich mich daran erinnert, dass ich Jude war? Praktiziert man seinen Glauben für sich allein? Glaubt man an Gott, wenn man allein ist?

»Erzählen Sie mir heute keinen Shabbat-Witz, Alfred?«

»Ich bin Jude, Simon, kein Clown.«

»Kennen Sie Woody Allen?«

»Wohnt er in der Chicken Street?«

»Er macht Filme in New York.«

»Ich nehme an, Filme mit Cowboys, die polierte Cowboystiefel tragen«, sagte er und blickte mit tiefem Abscheu auf meine Stiefel *Go Johnny go*.

»Nein. Filme, in denen Aschkenasen einander in Cafés und in Wartezimmern Fragen stellen.«

»Welche Art von Fragen?«

»Das ... ist kompliziert ... Etwa der Art: Wenn ich einen Sinn im Leben finde, was wird dann der Sinn meines Lebens sein? Denn im Moment besteht der Sinn darin, ihn zu suchen.«

»Und das interessiert jemanden?«

Ich hatte keine Ahnung. Meine Schwester hatte mir einen Film geschickt, den ich mir zwanzigmal angeschaut habe. Und dann verkaufte ich ihn zusammen mit meinem Videorekorder an Moktar, einen Obst- und Gemüsehändler und islamistischen Integristen, der darauf Filme mit bärtigen Predigern laufen ließ. Ob er wohl etwas mit *Ehemänner und Ehefrauen* anfangen konnte?

Es war unser letzter friedlicher Shabbat. Seltsamerweise wussten wir das und unser Hals war wie zugeschnürt. Ich weiß nicht, was Alfred mir sagen wollte, aber an jenem Tag hatte er den Hut auf meinem Kopf zurechtgerückt, wie einem Sohn.

»Und dieser Woody Allen, kommt der gut bei Frauen an?«

Wir besprachen die aktuelle *Parascha*, die Bibelstelle, die wir vertiefen sollten: »Tobias und der Erzengel Raphael.« Es klang wie ein Filmtitel von Woody Allen.

Raphael ist ein gütiger Engel, der zu allem die passende Lösung hat. Er heilt Tobias von seiner Blindheit; er gibt ihm einen dicken Sack voll Geld, um ihn von seiner Armut zu befreien; er bringt seine Frau, die den ganzen Tag herumnörgelt, zum Schweigen; er befreit seine Nichte Sarah von einem Dämon, der sie sieben Mal in Folge noch am Tage ihrer Hochzeit zur Witwe gemacht hatte. So dass man in dieser Familie, in der man Gott anflehte, wieder zu Staub zu werden – so unglücklich war man –, von nun an nichts anderes mehr tut, als Lobgesänge zur Ehre des Herrn zu singen.

Hätte Luke, der Sohn von Peter und Jenny, den Engel Raphael beschreiben sollen, hätte er ihn als *voll cool* bezeichnet, als eine Art Superheld.

An jenem Samstagnachmittag hatte sich Luke in Grund und Boden geschämt. Seine Mutter war gekommen, um ihn vom Baseball abzuholen, im Nachthemd und mit ihren verschnittenen Haaren. Sie hatte sich an die Gitter geklammert und, ganz die liebende Mama, Winkewinke gemacht. Die Leute hatten zu flüstern begonnen. Das Gemurmel auf dem Sportplatz erinnerte an einen Konzertsaal für klassische Musik. Der Trainer musste eine ganze Weile herumschreien, bevor das Spiel weitergehen konnte …

Luke hasste seine Mutter, weil sie ihm das vor all seinen Freunden angetan hatte. Er verabscheute sie, dachte aber nicht einen Moment lang daran, dass sie litt.

Peter musste seine Frau abholen kommen. Er verlor sich in langen Entschuldigungen. Es war ihm peinlich, und er sah erschöpft aus. Die Schulleiterin sah ihn mitfühlend an, die Männer mitleidig, die geschiedenen Frauen als eine neue und willkommene Beute. Luke wollte in den Augen seines Vaters seinen eigenen Hass wiederfinden, aber Peter hasste Jenny nicht, er fühlte sich ohnmächtig.

Während Peter Jenny in den Wagen half, lief ihnen der Anwalt über den Weg. Er grüßte die beiden aus der Ferne, als hätte er Angst vor Jenny. Peter konnte es ihm nicht verdenken, der Wahnsinn war grauenerregend. Jenny rief den Anwalt bei seinem Vornamen. Er reagierte nicht, und Peter war ihm dankbar, dass er so tat, als hätte er nichts gehört. Jenny hatte angefangen, nervös zu lachen und hörte nicht auf, bis sie zu Hause waren. Es war ein abscheuliches Lachen, ein Lachen, das wie der schlimmste Kummer klang. Peter weinte hinter dem Steuer. Luke drehte die Musik lauter.

Jamila hörte jetzt wieder gern Radio. Unter den Taliban war es den Frauen verboten; die Männer durften nur einen Sender hören, der Gebete und Koranunterweisungen ausstrahlte. Jamila war glücklich, dass ihre Tochter Naema in einer modernen Gesellschaft aufwachsen würde. Es gab jetzt drei Sender. Einer von ihnen sendete iranische Musik.

Süß, süß wie Honig, du bist die Frau, die ich liebe. Wenn dein Vater mir deine Hand gibt, zeige ich dir den Weg und pflücke dir eine Blume des Lebens …

Wenn sich Jamila doch bloß täuschen könnte … Wenn Naema einfach nur zugenommen hätte … Aber Jamila war eine Frau und eine Mutter, und diese Dinge sieht man in den Augen. Naema war schwanger. Von wem? Wann? Seit wann?

Die verstohlenen Blicke. Die kaum verhohlenen Beleidigungen, in die Bärte gemurmelt. Das Geflüster über Alfred begann eine Woche vor seinem Tod. Jemand hatte von Vergewaltigung gesprochen, ein anderer von

Verschwörung. Man sagte, er sei ein Spion, der jüdische Geheimcodes in unbekannten Alphabeten schrieb. Er sei für die Bomben verantwortlich. Er habe einen Afghanen getötet, um ihm seine junge Frau zu nehmen. Er esse Schweinefleisch. Er töte Katzenbabys. In seiner Synagoge bete er mit dem Rücken zu Mekka.

Sie sagten, Alfred sei ein schlechter Mensch, sie wiederholten es vor anderen, die es wieder vor anderen wiederholten. Aus schlecht wurde diabolisch. Und dann tauchte der Name von Naema in den Gesprächen auf, die Tochter von Ali soll gesehen haben, dass ... Aber er war doch ein alter Mann! Umso schlimmer ...

Alfred ging immer noch hoch erhobenen Hauptes, mit einem stolzen Gesichtsausdruck. Er war angesehen in Kabul und Umgebung, sagte er.

Sein einziger üblicher Gang, abgesehen von dem am Shabbat, führte ihn geradeaus die Chicken Street entlang, bis zum Ende (hoch erhobenen Hauptes, mit einem stolzen Gesichtsausdruck); Tee im Café London, Lächeln, leichtes Kopfnicken, um die Respektbekundungen zu erwidern, die ihm entgegengebracht wurden, und, vom Ende der Straße, wieder zurück zu seinem Haus in der Chicken Street.

An jenem Tag, im Café London, das nichts von London an sich hatte außer den Namen, weigerte man sich, ihn zu bedienen.

»Sie müssen verstehen, Herr Alfred, es wird über Sie geredet. Ich selbst habe gesehen, wie sie die letzte Woche hier vorbeigekommen ist. Ich will keine Scherereien.«

Zur selben Zeit zerriss Naemas Mutter das Kleid ihrer Tochter und entdeckte ihren gerundeten Bauch. Sie versprach ihr, zu schweigen. Sie versprach es ihr, doch als sie ihre schwangere Tochter an sich zog, wusste sie zugleich, dass sie eine Tote umarmte. Sie stellte sich vor, dass man Naema vergewaltigt hätte. Sie stellte sich den Schmerz und die Schreie ihrer kleinen Tochter vor. Nicht einen Augenblick lang dachte Jamila daran, dass es Schreie der Freude und der Lust gewesen sein könnten, dass es Liebe war und keine Vergewaltigung.

Naema hörte, wie die Unterhaltung immer lauter wurde und ihr Vorname immer öfter und ungehaltener fiel. Es war ihr Bruder, der Naema mit den Worten zu schlagen schien. Er sprach gerade über sie mit seinem Vater. Sie sei eine Schande, eine Beleidigung der Gesetze des Korans, ein zerrissenes Blatt des heiligen Buches. Jamila machte Pfefferminztee und weinte. Sie wollte ihre Tochter nicht verraten, aber sie wusste, dass es schon zu spät war.

Alfred hatte ihr eingeschärft: »Wenn du eines Tages in Gefahr sein solltest, klopf an bei Simon, Chicken Street 23. Er wird dir als Freund öffnen und dich verstecken.«

Naema durchquerte das Zimmer des Taubstummen. Er onanierte in einer Zimmerecke, mit geschlossenen Augen. Sie kletterte durch das Fenster nach draußen. Rulbuddin schrie immer noch in der Küche herum. Das gab ihr ein wenig Vorsprung.

Naema rannte. Ihr Schleier rannte hinter ihr her. Man bemerkte sie in den langsamen Straßen von Kabul. Sie hatte Angst um sich selbst, um das Baby und um Alfred. Aber sie wollte nicht zu ihm gehen, damit man sie nicht zusammen entdeckte. Vielleicht würde man die Schuld jemand anderem zuschieben, wenn man sie nicht fände.

»Ich werde bei Simon schlafen, und Peter wird bald kommen«, sagte sie sich.

Rulbuddin hatte seine Freunde zu dem Juden geschickt. Allein die Tatsache, dass Naema einen Juden besuchte, war schon eine Schande. Was hatte ein Jude überhaupt hier zu suchen? Waren sie nicht alle in Israel, um Palästinenser zu töten oder Pläne über die Unterwerfung der Menschheit zu schmieden? Welche Art von Spion war dieser Mann wohl?

Alfred öffnete furchtlos die Tür.

Zuerst hatten sie ihn gestoßen. Alfred behielt seine Würde. Noch einmal gestoßen. Immer fester. Alfred stolperte und fiel hin. Er schlug sich das Kinn an einem Stück hochstehenden Asphalt auf, so als wäre die Erde aufgebrochen, um ihn ebenfalls zu stoßen. Als sie das Blut sahen, fingen sie wie ausgehungerte Tiere an, ihn zu schlagen und zu treten.

Sie zogen ihn einige Meter hinter sich her wie eine Trophäe. Einer von ihnen ergriff sein Bein. Sie erreichten eine Art Niemandsland. Steinruinen, streunende Hunde und tote Haushaltsgeräte.

Ich folgte ihnen aus der Ferne. Es waren viele. Eine aufgestachelte Menge. Es war kein Kampf, es war eine Hinrichtung, ein öffentlicher Mord.

Die Männer klatschten in die Hände. Einer von ihnen schlug ins Leere, machte absurde Gesten, ruderte mühlenartig mit den Armen. Er traktierte einen gleichgültigen Gott.

Andere schrien, irgendetwas, tierische Schreie, nicht wiederzugeben, Schreie aus der Kehle, Auswurf des Bösen.

Ich konnte nicht sprechen. Ich tat nichts. Doch, einmal lächelte ich. Ich lächelte, um nicht vor Schmerz zu sterben, ich lächelte das Lächeln eines unverständigen Säuglings.

Ich war darauf gefasst, dass sie sich zu mir umdrehten, dass sie sagten, »Der da ist auch ein Jude«, und dass sie auch mich massakrierten, aber ich konnte mich nicht bewegen.

Ich fing Alfreds Blick auf, am Boden, unmittelbar vor seinem Ende. Er bewegte die Augenlider, sein Herz schlug noch, aber ich sah, dass er schon tot war.

Wenn man nicht mehr an die Menschen glaubt, wenn man an keinen mehr glaubt. Wenn man keine Worte mehr hat. Wenn man zu viel geliebt hat, aber nie umarmt, kann man die Augenlider bewegen, das Herz kann noch fest schlagen, aber man ist schon tot.

Auch ich war schon tot, als ich zu ihr lief. Die Steine regneten auf Alfreds Körper hinab, aber er bewegte sich nicht mehr. Er hatte sich zusammengerollt. Man sagt, dass man genau so wächst, kugelförmig, neun Monate bis zur Geburt.

Das Geräusch der Steine folgte meinem Lauf, das Geräusch der erstickten Schreie von Alfred, das Geräusch brechender Knochen.

Für Alfred. Für den Augenblick. Um nicht ganz und gar zu sterben. Ich musste diese Schuhe Naema übergeben. Ich lief so schnell ich konnte zu meiner Werkstatt.

Naema trommelte mit den Fäusten an meine Haustür. Sie klopfte und weinte, doch ich war nicht da. Wenn ich das gewusst hätte, wenn ich es bloß gewusst hätte.

Rulbuddin kam in Naemas Zimmer, um sie zu holen und in eine dieser Besserungsanstalten für junge Mädchen zu stecken, die vom Weg des Korans abgewichen sind. Sicher, man würde sie züchtigen, aber das würde ihr nur gut tun, außerdem war es die einzige Möglichkeit, die ihr noch blieb, verheiratet zu werden. Einer seiner Freunde, fett und wollüstig, der aber fünfmal täglich betete, war einverstanden, sie danach als Zweitfrau zu sich zu nehmen und ihre Sünden zu waschen. Das war eine einmalige Chance. Rulbuddin hatte keine Mühe, seinen Vater zu überzeugen.

Sie begaben sich in ihr Zimmer, mit finsteren Blicken, bereit, ihre Autorität, ihre ganz und gar männliche Weisheit walten zu lassen. Als sie es leer vorfanden, zögerten sie einen Augenblick, Rulbuddin rief »Zu spät!«, dann verfluchte er seine Schwester.

Sein Vater schlug seine Hände vor den Kopf und verfluchte seine Frau, die es zugelassen hatte, dass ihre Tochter zu einer Hure geworden war, zu einer Nichtswürdigen, zu einer Jüdin.

Rulbuddin schrie etwas von Familienehre, schrie: »Ich bin ein Imam, Vater, ein wichtiger Imam.«

Und der Vater folgte dem Sohn, die von ihm geliebte Tochter verdammend.

Es waren die Schuhe einer Prinzessin. An den Schuhspitzen hatte ich runde Edelsteinbroschen befestigt.

Die Edelsteine waren aus Aluminiumfolie geformt. Auf dem Basar hatte ich nachtblauen Taft gefunden und sie damit bezogen, wobei ich die aus feinem Holz geschnitzten Absätze aussparte.

Es waren Schuhe wie aus einem Kindertraum. Weihnachtsschuhe, die man sich gefüllt mit Zuckerstangen und verzauberten Geschenken vorstellte.

Ich hatte keine Zeit gehabt, die Absätze zu lackieren. Es fehlte auch eine Applikation, die ihre Knöchel raffiniert hervorgehoben hätte.

In jenem Augenblick, mit den Schuhen in den Händen, vergaß ich, dass Naema nie auf einem Ball tanzen würde und wusste nicht, dass sie schon bald über keine Straße mehr gehen würde.

Die Straße. Jenny starrte seit fast zwei Stunden auf sie. Sie war allein in ihrem großen cremefarbenen Zimmer mit Rüschengardinen. Die Straße war ruhig wie ihr Herz. Jenny begriff allmählich, was es zu tun galt. Die Bäume standen in geraden Reihen. Die Fußgängerüberwege wurden regelmäßig gestrichen und erinnerten an die Zähne eines amerikanischen Präsidenten. Kinder fuhren auf Fahrrädern vorbei. Sie lebten in einer dieser großen Siedlungen, wo die Menschen nach Häusern aufgeteilt wurden, die Häuser nach Nummern und die Straßen nach Buchstaben.

Sie rief sich ihre erste Erinnerung ins Gedächtnis: Ihr Vater war zu ihr gekommen, um sie zu trösten, denn sie hatte schlecht geträumt. Er hatte sie ganz fest in den Arm genommen und ihr versichert, dass alles in Ordnung sei, dass er da sei, dass ihr nie etwas zustoßen würde.

Und dann das Glück, das sie empfunden hatte, als ihre beiden Kinder im Säuglingsalter an sie geschmiegt einschliefen.

Die Augen eines Mannes, den sie sehr begehrt, aber nie umarmt hatte.

Der Geruch von Milchkaffee an den Morgen ihrer Kindheit.

Das Pferd, das sie reiten durfte, mit vor Angst und Freude klopfendem Herzen.

Der Schleier ihres Hochzeitskleides.

Der Geschmack frischer Feigen.

Ihre Lust.

Ihre Träume.

Ihr Schlaf.

All die Dinge, die der Mühe wert gewesen waren.

Jenny wohnte in der Straße B, Haus 5. Auf dem Bürgersteig dieser Straße würde ihr Körper aufschlagen. Es kam für sie nicht in Frage, sich zurückholen zu lassen. Also schluckte sie eine hohe Dosis. Sie wartete die beginnende Ohnmacht ab, bevor sie sich in die Tiefe warf. So wie man sich ins Wasser wirft, so wie man sich befreit.

Als ich vor meinem Haus stand, traten sie gerade Alfreds Haustür ein. Naema hatte die Hausschlüssel in dem Blumentopf ohne Blumen gefunden, wie zuvor vereinbart. Sie hatte sich auf dem Bett zusammengerollt. Ohne daran zu denken, dass es das Bett eines Mannes war, ohne daran zu denken, dass sie damit ihren Fall verschlimmerte.

Sie hatte sich zusammengerollt wie das Kind in ihrem Bauch.

Sie zerrten sie wie Vieh heraus. Ihr Bruder war brutal zu ihr, er drehte ihr den Arm auf den Rücken. Ich blieb in der Chicken Street wie angewurzelt stehen, mit den Schuhen in den Händen. Naema sah sie im Vorbeigehen. Ich bin sicher, dass sie unter ihrem Schleier lächelte.

Beim Herumschubsen bemerkten sie die Rundung ihres Bauches.

Niemand sah sie je wieder.

Naema wurde gesteinigt. Mit einem Steinregen. Sie war siebzehn Jahre alt gewesen.

Ihr Bruder kehrte mit blutigen Händen heim. Bald wird er ein respektierter Imam sein.

Es gibt sie noch, die Gegenden, wo es einem Respekt verschafft, das Baby seiner toten Schwester mit einem Fleischermesser abzutreiben.

Jenny lächelte noch ein letztes Mal vage, wie im Reflex. Sie dachte an die Blumen, die sie letztes Jahr gepflanzt hatte und die nie zum Vorschein gekommen waren. Sie ließ sich auf die leeren Blumenkübel fallen.

Einen Augenblick lang bereute sie, und dann war es zu spät.

Eine Nachbarin fand sie und fand nie wieder richtigen Schlaf.

Sie war nackt.

Die Neuigkeit verbreitete sich schnell in der Siedlung.

Wissen Sie schon?

Ja …

Nein.

Ich fand sie schon immer komisch …

Eine so hübsche Frau! Wie schade!

Für die Kinder ist es besonders schwer.

Angeblich waren es Scientologen. Doch, ja, bei den Sekten macht man so was …

Peter kam. Er fiel nicht auf die Knie wie in den Filmen. Er weinte nicht in Zeitlupe. Er sagte gar nichts. Er hörte sich die Erklärungen der Polizisten an. Später, auf der Wache, übergab er sich.

Ihre Leiche identifizieren. Den Schmuck abnehmen, den er ihr geschenkt hatte.

Wie er es den Kindern beigebracht hatte?

Wie er die Beerdigung organisiert hatte?

Auch zehn Jahre später, wenn ich ihn treffen werde, wird er es mir nicht sagen können.

Von nun an bin ich allein, und allein bin ich mit seinem Körper. Ich habe mit bloßen Händen gegraben, um ihn zu verstecken, ihn vor den Blicken zu schützen, die seinen Tod beschmutzt hätten.

Ich werde eine Rede halten. Ich werde über ihn sprechen. Ich werde beten. Ich werde mir die Männer vorstellen, die mit mir zusammen beten. Schon kann ich ihre Stimmen hören. Und ihre weinenden Frauen. Und Kinder, die spielen und nichts begreifen, die mit den Steinen spielen, die auf Alfred liegen. Alle zu einem Haufen aufgeschichtet, eng beieinander, eine ganze Welt, die auf dem kleinen Körper von Alfred liegt.

»Alfred, ich habe Sie nicht lieben können, als Sie noch am Leben waren. Ich habe es Ihnen nicht sagen können. Ich kannte Sie nicht und dabei waren Sie meine einzige Familie in diesen langen Jahren. Ich habe Angst. Es ist, als hörte ich meine Stimme zum ersten Mal. Ich hoffe, dass sie bis zu Ihnen vordringt. Ich werde versuchen, das Gebet mit dem Akzent eines Aschkenasen zu sprechen, so als wäre ich … Ihr Sohn.«

Als das Kaddisch-Gebet in jener Nacht in dem Niemandsland erklang, habe ich nicht geweint. Ich schaute dem Himmel direkt in die Augen, um eine Antwort zu bekommen.

Am darauf folgenden Tag packte ich meine Cowboystiefel und meine Lebensjahre zusammen. Ich hätte sofort nach New York zu meinem Vater und zu meiner Schwester gehen können, aber ich brauchte sie noch ein wenig länger, die Einsamkeit. Sicherlich hatte ich Angst. Angst, erzählen zu müssen.

Es gab keinen Direktflug von Kabul zu irgendeinem normalen Ziel. Niemand reiste in Afghanistan und umgekehrt, wer reiste, kam nicht nach Afghanistan. Es sei denn, man war bärtig und ein gesuchter Terrorist.

Ich buchte einen Flug von Kabul nach Dubai. Ich spazierte über den vergoldeten Flughafen. Es gab mehr Schmuck als Frauengesichter. Dann ein Flug nach Frankreich. Weitere Stunden des Wartens, Eindrücke der Zivilisation, die zusammen mit der Angst kamen, einem Menschen zu begegnen, sprechen zu müssen. Ich hielt den Blick gesenkt. Der Flug nach Israel hatte reichlich Verspätung. Jeder wollte erklären, warum er dahin wollte. Eine Gruppe junger Enthusiasten sang Lieder auf Hebräisch und teilte ihre Kekse mit den Umstehenden. Ich musste mir die Geschichte einer älteren Dame anhören, die ihre Tochter besuchen wollte, die einen Israeli geheiratet hatte. Sie stammte aus Tunesien. Sie reiste gern dahin, das erinnerte sie an die Gerüche ihrer Kindheit, aber für nichts in der Welt würde sie Frankreich verlassen; die Einwohner des Gelobten Landes waren für ihren Geschmack nicht fein genug.

Ich hatte schon lange nicht mehr Französisch gesprochen. Ich hatte die Schule als Bester meines Jahrgangs beendet, später gehörten die größten Pariser Modeschöpfer zu meinen Kunden. All das schien so weit weg zu sein.

Der Geruch der Orangenblüte war das Erste, was ich wahrnahm, dann die Hitze, im Kontrast zu der Klimaanlage des Flugzeugs. Dann wurde ich von einem Polizisten zur Befragung abgeführt. Daran hätte ich denken müssen: ein afghanischer Pass. Zehn Jahre Aufenthalt in Afghanistan und eine Zwischenlandung in Dubai. Wieso gerade Israel?

Haben Sie Familienangehörige in Israel? *Any relatives?*

Wie können Sie mir beweisen, dass Sie Jude sind?

Welches Fest kommt nach Sukkot?

Nein.

Gar nicht.

Ich weiß nicht mehr.

Sie haben mich stundenlang verhört. Ein Rabbiner-Polizist befragte mich über die Tora. Meine Diskussionen mit Alfred halfen mir, mich einigermaßen aus der Affäre zu ziehen.

»Kennen Sie etwa viele Araber, die Simon heißen?«

Man verdächtigte mich. Man behandelte mich wie einen eingeschleusten Terroristen …

Schließlich hatte sich einer von ihnen an etwas erinnert: Im Kabelfernsehen kam einmal eine amerikanische Sendung, wo über uns berichtet wurde, die beiden Juden aus Kabul, die sich den ganzen Tag lang anpflaumten. Es war in der Jerry-irgendwas-man-Show. Sie hatten unsere Vornamen und unsere Berufe genannt. Sie brachten unsere Geschichte in Sketchen, zusammen mit dem Stargast, Bill Cosby. Unsere Geschichte hatte ganz Amerika zum Schmunzeln gebracht und New York hatte vor Lachen gebrüllt. Man sagte, dass Tom DiCillo daraus einen Film machen wollte.

Ich beschwerte mich:

»Wer soll denn das sein, dieser DiCillo? Und wieso nicht Woody Allen? Nimmt man uns nicht für voll, oder was?«

Ich war empört. Danach hatte ich Filme von DiCillo gesehen und es tut mir Leid, was ich gesagt hatte. Aber meine Gereiztheit und mein freches Auftreten schienen die Soldaten überzeugt zu haben:

»Alles in Ordnung, er ist Jude«, sagte ihr Chef und reichte mir eine halb ausgetrunkene Wasserflasche.

»Willkommen in Israel.«

Ich zog in ein mottenzerfressenes Hotel in Tel-Aviv. Ich fühlte mich wie ein Niemand. Es gab zu viele Juden, als dass ich mich wie ein Jude hätte fühlen können. Zu viele Schmerzen, als dass ich von meinen hätte erzählen können. Zu viele Geschäfte, um auszuwählen. Jede Menge russischer Prostituierten. Nur wenige von ihnen hatten schöne Füße, Armeestiefel verformen halt den Fuß.

Ich hatte mich eines Abends telefonisch bei Huguette gemeldet. Mein Vater wollte nicht mit mir sprechen. Seit mehr als sechs Monaten hatten sie nichts mehr von mir gehört. Er verlangte, ich solle gefälligst kommen und ihm meine Entschuldigung persönlich darbringen, so als wohnten wir Tür an Tür.

Meine Schwester muss sich meine neue Anschrift notiert haben, denn zu Rosh Hashanah bekam ich ein Paket mit Cowboystiefeln, ohne Brief. Inzwischen hatte ich mir meine Beschnittenheit amtlich bestätigen lassen und erlangte die israelische Staatsbürgerschaft. In meinem Pass prangt ein Verbrecherfoto. Nicht dass ich in natura besonders hübsch wäre, aber trotzdem.

Zwei Tage nach Eintreffen der Cowboystiefel rief Huguette an und sagte mir, dass Papa verstorben sei.

Ich habe nicht geweint.

Der Flug hatte gut drei Stunden Verspätung. Es war eine gute Gelegenheit, den Film mit den Rosh-Hashanah-Fotos entwickeln zu lassen. Am Vorabend, als ich mich von einer Nutte, die gerade aus dem Nebenzimmer kam, mit meinen neuen Stiefeln fotografieren lassen wollte, merkte ich, dass der Film voll war. Ich musste an Alfred denken, an die Gewissenhaftigkeit, mit der er mich jedes Jahr für das Foto posieren ließ.

Meine diesjährigen Cowboystiefel: marineblau (eine sehr seltene Farbe), gefärbtes Krokoleder. Hat was von einem violetten Alligator. Einsame Spitze.

Ich holte meine Fotos kurz vor dem Boarding ab. Sie hatten einen hässlichen Farbton, und es sah ganz so aus, als hätte mich Alfred jedes Jahr nur vom Kopf bis zu den Knien fotografiert. Nicht ein einziges Paar Cowboystiefel. Nur mein älter werdendes Gesicht. Alfreds letzter Witz. Und der war nun wirklich komisch.

Ich kam mitten in der Nacht an. Die Luft war feucht. mein Vater hatte am achten August Geburtstag, einen Tag darauf war er gestorben.

Das Gepäck brauchte nicht lange. Auf dem Gepäckband waren meine Koffer die schäbigsten. Einer von ihnen war mit einer Schnur zusammengebunden und die Leute betrachteten ihn mit einem leidenden Gesichtsausdruck.

Ich hätte gern etwas aus dem einzigen Woody-Allen-Film, den ich gesehen hatte, wiedererkannt, aber ich erkannte gar nichts wieder, nicht einmal mein Gesicht im Rückspiegel des pakistanischen Taxis.

Ich fragte mich, was ich wohl vorfinden würde. Die aufgebahrte sterbliche Hülle meines Vaters? Eine in die Breite gegangene Schwester? Erinnerungen? Ich fragte mich, ob ich wohl endlich weinen würde.

Ich nannte die Adresse mit einem lächerlichen Akzent, aber der Taxifahrer schien noch schlechter Englisch zu sprechen als ich. Um ganz sicherzugehen, zeigte ich ihm den Zettel mit der Adresse und er murmelte gereizt *yes yes*. Ich drehte mühsam die Fensterscheibe herunter. Die Luft war feucht und verschmutzt, tat aber dennoch gut. Die Luft der großen weiten Welt, die Luft des Heimatlandes der Freiheit. Bald würde ich meinen Vater begraben, als wäre nichts gewesen.

Ich hatte Lust zu schreien, nicht um etwas zu sagen, sondern um zu hören. Dass ich am Leben war, dass es mir wehtat. Also schrie ich in die Hitze New Yorks hinaus und der Pakistani setzte mich hundert Meter weiter auf die Straße. Ich fühlte mich wie ein Idiot. Es war kein Problem, ein anderes Taxi zu finden, obwohl es Nacht war. Ich hatte mehr Taxis zu sehen bekommen als Einwohner.

Huguette erwartete mich unten vor dem Haus. Man hätte denken können, dass sie schon seit zehn Jahren auf mich wartete.

Meine Schwester Huguette war nicht in die Breite gegangen. Sie war schön geworden. Ihr Gesicht war hager, und ich hatte ganz vergessen, wie blau ihre Augen waren. So blau wie Mamas Augen.

Es gab einen Moment, einen langen Moment, in dem nichts passierte. Wir schauten uns an und erkannten uns nach und nach wieder, zwischen unseren Gesichtern lagen zwanzig Jahre Trennung. Wir mussten den langen Weg zurück antreten, den Schmerz und die Freuden nachzeichnen. Sie wegradieren, um unsere Kindergesichter wieder herzustellen. Sie berührte meine Schulter, dann blickte sie auf meine Cowboystiefel. Ich legte den anderen Arm auf ihre Schulter, aber ich habe nicht geweint.

Sie war schmal. Ihre Haut war kühl, trotz der stickigen Schwüle der Nacht. Mir wurde bewusst, dass sie all die Jahre mit Papa zusammengelebt hatte. Ich würde nichts weiter tun, als den Vater meiner Erinnerungen zu begraben. Den besonderen Klang seiner Schritte, wenn er spät am Abend nach Hause kam und wir schon im Bett lagen. Den Geruch des hellen Tabaks, den er sonntags rauchte. Den Bart, der durch alle meine

Kinderküsschen piekste. Seine begeisterten Ausrufe, wenn ich ihm stolz meine Bilder zeigte. Huguette begrub einen kranken Vater, einen Vater, an dessen Bett sie nachts gewacht hatte. Einen härteren Vater. Einen zum Kind gewordenen Vater, den sie hatte zudecken, den sie hatte füttern müssen.

Ich glaube, ihre Haut war kühl, weil sie nichts und niemand mehr wärmte, nicht einmal die Augusthitze New Yorks.

Huguette trocknete die Tränen mit einem Lächeln.

»Wir werden die Koffer nacheinander hochtragen müssen, wir haben hier keinen Aufzug.«

Sie wohnte in der zweiten Etage. Der Ausblick war einigermaßen unverstellt, die Straße war breit genug, um sich nicht von dem Baguette-Bistro gegenüber eingeengt zu fühlen.

Das Wohnzimmer war klein, aber gemütlich.

Huguette führte mich in das Zimmer meines Vaters.

Er war im Krankenhaus gestorben, das Begräbnis würde morgen stattfinden.

Es gab viele Fotos von Mama und Kinderfotos von Huguette und mir. Mein Lieblingsfoto war eines, auf dem ich stolz ein Pony reite und meine Mutter das Halfter hält. Ich lächle, aber ich erinnere mich noch, wie meine Beine in den kurzen Hosen juckten. Mein Hochzeitsfoto thronte auf dem Regal. Farah war nicht so schön wie in meiner Erinnerung. Ihre Augen schienen den Fotografen bereits mit mehr Appetit zu betrachten, als sie für mich haben würde.

Huguette fragte mich, ob es bei mir etwas Neues gäbe, und ich fragte sie, wo die Toilette sei. Ich war es nicht mehr gewohnt, mit zwischenmenschlichen Beziehungen umzugehen. Die Streitereien mit Alfred fehlten mir mehr als mein Vater.

Während meiner Jahre in Afghanistan hatte ich meinen Vater einige Male aus der Telefonkabine im Café London angerufen. Das erste Mal wollte er wissen, wieso ich mich eigentlich bei den Arabern einsperren ließ.

Ich sagte ihm, dass wir aus dem Iran stammten und nicht aus Schweden, und dass ich mich frei fühlte an diesem Ort, wo mich keiner kannte, wo ich zu nichts verpflichtet war, an diesem Ort, wo ich im Übrigen meinen Kummer vergessen wollte.

»Kannst du deinen Kummer nicht bei den Eskimos vergessen oder bei den Franzosen, warum ausgerechnet bei den Arabern?«

»Wir sind Iraner!«

»Perser also! Keine Araber!«, brüllte er, bevor er einen Seufzer ausstieß, der mir deutlich machte, dass ich ihn zur Verzweiflung brachte.

»Die Afghanen sind auch keine Araber!«

»Aber Juden sind sie auch nicht, Simon.«

Er sprach nie wieder darüber. Überhaupt sprach er danach fast gar nicht mehr. Mama war einige Monate nach meiner Abreise gestorben. Jetzt erst wird mir bewusst, dass ich meine Schwester zu einer ständigen Anwesenheitspflicht verurteilt hatte. Es war sonst keiner mehr da. Nur sie.

In ihrem WC war ein Poster mit einem Hund im Anzug, der auf der Toilette sitzt und *Times* liest. Diese Welt war Lichtjahre von meiner entfernt. Man kann die verlorene Zeit nicht aufholen, aber würde es uns wenigstens möglich sein, uns zu verstehen?

Die Toilettenspülung erinnerte mich an die Stille.

»Huguette, warst du glücklich in all den Jahren?«

»Glücklich? … Vielleicht, ich weiß es nicht. Es hat mir nie an etwas gefehlt.«

»Außer einem Ehemann … Einem Kind …«

»Warum sagst du das, Simon?«

Ich wusste es nicht. Aus Ungeschicklichkeit, aus Bosheit. Um sie etwas Wahres sagen zu hören. Um wie Geschwister miteinander zu reden.

»Nur so.«

»Ich war glücklich, Simon. Nicht immer, aber glücklich.«

Später erfuhr ich, dass Huguette die Geliebte eines verheirateten Mannes war, dass er sie ehrlich liebte, dass er ihr nie etwas versprochen und sie daher auch nie enttäuscht hatte. Ein Mann, der sie umarmte und der sie schön machte.

Wir hatten uns viel zu sagen, aber wir sagten nichts. Ich nahm sie am folgenden Tag in den Arm, bei der Beerdigung. Wir warteten immer noch auf die Erlaubnis der iranischen Botschaft, die Leiche von Mama nach New York überführen zu dürfen, um die beiden hier zu vereinen, für immer und ewig.

Am Grab waren viele Bagel-Verkäufer, mit denen mein Vater über Politik diskutiert hatte und die sehr viel Wert auf seine Meinung gelegt hatten. Einige Gespenster der iranischen High Society hatten ihre schönen Mäntel von vor zwanzig Jahren herausgeholt. Die Leute hätten es vorgezogen, mich nicht zu sehen. Warum jetzt? Warum so spät?

Ich begriff, dass ich meinem Vater gefehlt hatte, aber ich habe nicht geweint.

Wir sagten nichts. Ich lebte bei Huguette, als hätten wir es so beschlossen. Ich bekam das Zimmer von Papa. Ich arbeitete nicht. Wir besaßen noch einige wundervolle Teppiche von unserem Vater. Wenn es einmal nicht so gut lief, verkauften wir halt einen davon.

Wir sahen fern. Wir gingen ins Café, jeder für sich. Huguette hatte einige Freundinnen und ihren verheirateten Freund.

Einmal schlief ich mit einer ihrer Freundinnen, aber mehr nicht. Keine Abendessen, kein Lärm, keine Unterhaltungen. Wie hätte ich auch eine Unterhaltung führen können?

Wie die Zeit verging? Ich weiß es nicht. Wie mein Leben vorbeiging? Das weiß ich auch nicht. Ich weiß, wie alt ich in meinem Pass bin und dass mir weniger Zeit bleibt, als die, die ich damit zugebracht hatte, nichts zu tun.

Ich erinnere mich an Alfred und an die Stunde danach. Ich erinnere mich daran, dass es besser ist, sich nicht zu erinnern. Es tut weh und dann sage ich mir, dass Farah vielleicht an mich denkt. Dass sie vielleicht ab und zu bereut.

Ich gewöhne mich an den Lärm der Stadt. Im Sommer laufe ich bis spät in die Nacht durch die Gegend und esse Früchte aus Plastikschalen, die ich bei den Lebensmittelhändlern kaufe, die die Straße bunt färben. Im Winter gehe ich früh ins Bett. Ich passe auf mich auf. Ich will nie wieder frieren. Huguette und ich rufen uns unsere Kindheitserinnerungen ins Gedächtnis, aber sie sind alle glücklich, also langweilen wir uns.

Wir lästern über die Leute im Fernsehen. Wir haben uns zum Ziel gesetzt, echte Amerikaner zu werden, so richtig fett, aber in unserer Familie wird man nicht richtig fett.

Ich habe alle Filme von Woody Allen gesehen. Ich habe vor, ihn einmal nach einem Klarinetten-Konzert anzusprechen. Im Moment überlege ich noch, was ich ihm sagen würde.

Manchmal denke ich an die Schuhe, die Naema nie tragen wird. Sie hätten Huguette gefallen.

Ich versuche so wenig wie möglich an Alfred zu denken, aber sein Bild und seine Stimme treffen mich manchmal unvermittelt wie ein Bumerang. Seine brüchige Stimme. Sein Gang. Sein Stock. Seine Witze. Ich behalte sie sorgfältig für mich, wie ein Buch, das man zu sehr liebt, um es jemals zu verleihen.

Es kommt immer wieder hoch. Ich kann nicht so tun, als wäre nie etwas gewesen.

Ich habe schon überlegt, Tom DiCillo aufzusuchen, aber er macht Filme mit Zwergen, die unter falschen Wolken Äpfel verspeisen. Was könnte ihn an unserer Geschichte interessieren? Und Spielberg? Er ist weit weg. In Los Angeles, bei Peter. Ich tue mich ein bisschen schwer mit Leuten, die unter Palmen leben und das ganze Jahr über Cocktails trinken. Woher sollen sie auch nur die geringste Ahnung davon haben, was Leiden bedeutet?

Es war fast zehn Jahre nach Chicken Street. New York bereitete sich auf Weihnachten vor. Kleine Wölkchen traten aus den Mündern der Passanten und erstarben sofort wieder. Handschuhe zeigten auf dekorierte Schaufenster. Angestellte der Stadtverwaltung hängten Leuchtgirlanden auf, und Geschäfte suchten Aushilfsverkäuferinnen für den Monat. In der Nacht hatte es geschneit, das Weiß mischte sich mit den Abgasen der gelben Taxis.

Meine Schwester hatte mir einen langen schwarzen Mantel geschenkt, wie ihn Geschäftsleute und Obdachlose tragen. Ich ging auf einen Kaffee in einen kleinen *Bagel Shop*, in einer Straße ohne Namen, einer nummerierten Straße, die lange gebraucht hatte, um mir ans Herz zu wachsen. Ich griff nach der *New York Times*, wegen des Lokalkolorits. Ich tat, als läse ich. Ich schaute zur Seite, ich belauschte die hässlichen Morgengespräche. Kein neues Pärchen, keine schönen Geschichten, nur Ziffern und Ideen.

Und auf einmal kippte ein Idiot mit seiner über die Schulter hängenden Laptoptasche den Kaffee, den ich nicht trank, über die Zeitung, die ich nicht las. Ich tupfte sie trotzdem trocken und erblickte den Namen Peter Shub unter einem Artikel.

Ich hatte nicht gedacht, dass es mich so hart treffen würde. Die Wunde war noch nicht verheilt. Mitten in einem New Yorker Café stürzte eine Steinlawine auf mein Leben. Ich legte meine Hände an den Kopf, die Ellbogen in den Kaffee. Nichts, wirklich nichts mehr war von Bedeutung.

Peter Shub.

Lieber Peter …

Das Geräusch, das Geräusch von brechenden Knochen, das Geräusch von Schreien, die sich über die Schreie von Alfred legten.

Der Geruch von Afghanistan überdeckte die Gerüche des Cafés. Die Erinnerungen griffen aus dem Hinterhalt heraus an.

Peter und sein Schweigen. Wieso? Würde er sich die Geschichte von Alfred und Naema vorstellen können? Und was wäre dann zu tun?

Ich habe mich nicht sofort entschlossen. Ich hätte nie gedacht, dass unsere beiden Welten sich eines Tages begegnen würden. Für mich war Peter der, der nicht geantwortet hatte.

Ich hatte noch nie mit jemandem darüber gesprochen, weder mit meiner Schwester noch mit dem Grabstein meines Vaters, noch nicht einmal mit einem der Therapeuten in Gestalt der Filme Woody Allens.

Warum sollte ich jetzt mit ihm sprechen? Um ihm was zu sagen?

Und wie sollte ich mit ihm in Kontakt kommen? Würde er mich überhaupt sehen wollen?

In seinem halb von Arabica geschwärzten Artikel

konnte ich einige Worte entziffern: Gesichter, Hoffnung, Verzweiflung, Vernichtung.

Ich stand auf. Ich wollte nach Hause gehen, aber meine Schritte konnten nicht anders, als mich zu Peter Shub zu lenken. Gott hatte mich bis zu ihm hingeführt.

Die Fassade der *New York Times* befindet sich in einer Straße mit einer prestigeträchtigen Zahl. Hier werden Phantasien in Serie produziert; der einzige Ort in New York, an dem wichtige Leute ohne Business-Kluft zum Job erscheinen. Sie sehen nicht alle wie Robert Redford aus und auch die Fettleibigkeit ist am Journalismus nicht vorübergegangen, aber sie besitzen den Charme von Menschen, die früher und mehr zu wissen glauben als andere.

In einem Woody-Allen-Film hätte der Journalist nur eine Nebenrolle: der neue Mann der Exfrau des Protagonisten, eines verhinderten Schriftstellers, ein Freund aus Kindertagen, dem alles gelingt. Ein Journalist ist für Woody nicht depressiv genug.

Ich kaufte ein Sandwich und wartete. Ich wartete nicht unbedingt darauf, Peter irgendwo zu entdecken, darauf, einen Typen wiederzuerkennen, den ich nie gesehen und mir auch nie vorgestellt hatte. Ich wartete einfach auf den richtigen Moment. Auf den Moment, in dem mein Herz sagen würde, dass es so weit ist.

Dieser Moment kam nach dem halben Sandwich, ich warf den Rest mit Bedauern weg. Der Wachmann schaute mich streng an, als wollte er sagen, dass er es gern aufgegessen hätte.

Ich ging durch die automatischen Türen. Eine Frau mit nach hinten gesteckten Haaren und ohne Lächeln fragte mich, was ich wünschte. Ich fand den Ausdruck hübsch, ich hätte ihr fast gesagt, Sie, ich will Sie, hier auf dem Tisch, sofort, ich wünsche mir, ein anderer zu sein, ich will mein Geheimnis loswerden, ich wünsche mir eine Familie und Weihnachtsgeschenke, ich wünsche mir, dass eine kleine Hand, die meiner ähnlich sieht, die Chanukka-Lichter für mich anzündet.

»Ich möchte zu Peter Shub, bitte.«

»Werden Sie erwartet?«

»Ja.«

Sie sah in ihre Liste nach der Nummer für Peter Shub. Hier in der Gegend wird alles zur Nummer.

»Gehen Sie bitte in die zweite Etage. Dort bekommen Sie eine Besucherplakette.«

Das war einfach. Ich musste einen Metalldetektor passieren. Ich hatte nichts weiter bei mir als meine Haut auf den Knochen und in der Hosentasche zwei Geldscheine. In der zweiten Etage herrschte eine unglaubliche Betriebsamkeit. Der Laden brummte. Manche liefen mit Papieren vorbei, andere sprachen in ihre Handys.

Man hätte meinen können, Statisten in einem Film …

Ich fragte wieder nach Peter Shub und präzisierte, ich käme aus Afghanistan.

Mit ihrem dünnen Stimmchen rief das hübsche Mädchen »Peter«. Peter stand hinter mir und wollte gerade den Aufzug nehmen.

»Sie haben Glück, er wollte gerade gehen.«

Sie schenkte ihm ein Lächeln, das mir sagte, dass sie nicht nur eine Nummer in seinem Leben war.

»Jemand für dich. Aus Afghanistan.«

Ich brauchte einige Zeit, um mich umzudrehen.

Peter sah nicht wie ein Held aus. Er sprach mit der Freundlichkeit eines schmierigen Verkäufers.

»Was kann ich für Sie tun?«

Ich sagte ihm, dass ich ihn unter vier Augen sprechen wollte. Es sei wichtig. Peter witterte eine gute Story, vielleicht sogar einen Knaller, vielleicht den Pulitzer-Preis.

»Ich muss meinen Flug kriegen, aber eine halbe Stunde hätte ich für Sie.«

»Das wird genügen. Ich heiße Simon.«

»Ein ungewöhnlicher Name für einen Afghanen.«

»Wir waren zwei Juden in Afghanistan, zu der Zeit als Sie von dort berichteten ... Die Jagd nach Bin Laden ... Die Bomben.«

»Sind wir uns vielleicht schon begegnet?«

Er führte mich in sein kleines Stammcafé. Ein altertümlicher Laden mit Trennwänden zwischen den Tischen, dazu gedacht, Gespräche abzuschirmen. Ein großer Chinese fragte mich, was ich wollte, Peter nahm wie immer einen schwarzen Kaffee. Noch einen kleinen Moment und ich würde seinen Gewohnheiten, seinem Leben einen Fußtritt verpassen. Zu dem Zeitpunkt wusste ich noch nicht, dass Jenny tot war. Ich wusste noch nicht, dass er Naema geliebt hatte. Ich wusste es nicht. Ich wusste nichts. Ich wusste nicht, dass er vorher keine verkrachte Existenz war, dass er knitter- und faltenfrei gewesen war. Ich wusste nicht, dass er erst mit über vierzig mit dem Rauchen angefangen hatte.

»Sagt Ihnen der Name Naema etwas?«

Seine Augen leuchteten auf, und seine Schultern strafften sich. Er glaubte, sein Leben würde sich ändern, ich würde ihm das Foto eines zehnjährigen Kindes zeigen. Er stellte sich das Gefühl vor, Naema wieder zu sehen, ihren Körper erneut zu fühlen. Er hatte nichts von den leidenschaftlichen Umarmungen vergessen, er hatte nichts vergessen, außer Naemas Gesicht.

Und sein »ja« war voll unterdrückter Tränen.

Ich sagte ihm, dass Naema ein Kind vom ihm erwartet hatte.

Ich sprach über Alfred. Ich sprach über Naemas Schönheit und ihren gerundeten Bauch. Ich sprach über unsere Ängste. Über den naiven Brief, den wir für ihn geschrieben hatten. Und dann das Warten. Und die Tage, die wirklich vierundzwanzig Stunden lang waren, die langen Minuten.

Ich erzählte ihm von Alfreds und Naemas Tod. Ich erzählte es schonungslos, so wie ein Schlachter erklärt, wie man ein Tier zerlegt. Ich erzählte von dem Blut, von den Steinen und von meiner Feigheit.

Als ich fertig war, wischte sich Peter mit seinem Ärmel über die Augen. Jetzt war er an der Reihe. Er erzählte mir von Jennys Tod. Einige Monate später hatte er Naemas Brief in einem Schließfach gefunden. Es war zu spät. Alles war ihm genommen worden. Naema war nicht aufzufinden, er kannte nur ihren Vornamen. Sie hatten sich nicht bei ihr geliebt, sondern in einem Keller, einige Kilometer entfernt. Er kannte weder ihren Namen noch ihr Gesicht. Nach Jennys Tod hatte er

Dutzende von Briefen an Alfreds Adresse geschrieben, aber nie eine Antwort erhalten. Er hatte versucht, nicht mehr daran zu denken und es schließlich vergessen.

Er hatte nie erfahren, ob Jenny aus Liebe und Eifersucht gestorben war oder ob ihr Wahnsinn so unausweichlich war, wie die grauen Haare.

Er war allein mit seinen beiden Kindern zurückgeblieben. Er hatte sich als Kriegsberichterstatter anheuern lassen und sich nur noch wenig um sie gekümmert. Sie sahen ihrer Mutter zu ähnlich. Er hatte dafür keine Kraft.

Er sagte nichts über Farah. Natürlich, sie existierte nicht in seinem Leben, und sie wird auch in meinem nicht mehr existieren, auch nicht mehr in meinen Träumen.

Der Sohn von Peter und Jenny ist ein netter Typ, homosexuell. Man hatte das auf sein Trauma geschoben, damit war allen gedient. In Wirklichkeit fühlt er sich seit seiner Kindheit zu Jungen hingezogen, und er ist verliebt und glücklich.

Seine Tochter ist eine spießige Nervensäge. Sie hat zwei Kinder mit Mittelscheitel.

Peter fühlt sich einsam. Im Stillen hatte er immer gehofft, Naema wiederzusehen. Oder wieder zu lieben, so wie er sie in jener Nacht geliebt hatte.

Sein schwarzer Kaffee wurde serviert. Ausnahmsweise hätte er ihn dieses Mal gern mit Zucker genommen. Ich goss mir Tee ein. Er war zu vornehm für die Szene. Fehler in der Bestellung.

Ich lief durch die Stadt ohne Landschaften. Voller verlorener Herzen, suchender Herzen. Ich fühlte mich allein unter Tausenden. Die Autogeräusche, rote Ampeln, grüne Ampeln, Ampeln, die unaufhörlich ihre Farbe wechseln. Denen es nie zu viel wird. Es ist kalt, ich stelle meinen Mantelkragen auf. Ich werde langsam alt. Und ich bin immer noch leer. Zu wenig Traurigkeit, zu wenig Freude. Die traurigen Momente verflüchtigen sich in einem Lied, wenn ich draußen die frische Luft im Gesicht spüre, wenn ich Kinder lächeln sehe. Und die freudigen Momente, sie überraschen mich manchmal.

Peter wird am Ende der Straße immer kleiner, er ist nur noch ein Punkt. Ein Punkt unter tausend anderen Punkten. Ein gebeugter Punkt, ein Schlusspunkt. Er wird um die Ecke verschwinden. Ich werde nicht mehr über sein Leben schreiben. Ich werde aufhören mir vorzustellen, wie er aufwacht, wie er aussieht. Diese Geschichte gehört mir nicht mehr.

Der Briefkasten von Alfred ist voller Briefe von Peter. Niemand wird sie jemals lesen.

Von nun an bin ich allein, und allein bin ich mit seinem Körper.

Alfred ist tot. Begraben unter diesem Haufen Steine.

Es gab keine richtige Beerdigung für ihn. Kein Grab, niemand wird sich an ihn erinnern.

Hier ist seine Geschichte. Hier ist meine Geschichte unter Alfreds Geschichte.

Ich werde mir die Männer vorstellen, die mit mir zusammen beten. Schon kann ich ihre Stimmen hören. Und ihre weinenden Frauen. Und Kinder, die spielen und nichts begreifen, die mit den Steinen spielen, die auf Alfred liegen. Alle zu einem Haufen aufgeschichtet, eng beieinander, eine ganze Welt, die auf dem kleinen Körper von Alfred liegt. Und die ganze Welt, ich weiß, schaut jetzt auf mich.

Lesen Sie weiter …

Der neue Roman von Amanda Sthers:

Schweine züchten in Nazareth

Leseprobe

Was für eine schreckliche Pariser Familie: die Tochter Annabelle verliebt sich ständig in viel zu alte Männer, die sich in letzter Sekunde dann doch nicht entschließen können, sich von ihrer Frau zu trennen. Die Mutter Monique wird nicht müde, ihr das immer wieder vorzuwerfen. David, der schwule Sohn, ist ein gefeierter Theaterautor. Aber er ist tiefunglücklich, weil Harry, sein Vater, seit dem Outing nicht mehr mit ihm spricht. Schlimmer: Harry, einst erfolgreicher Kardiologe, hat die Nase derart voll von dem ganzen Trubel, dass er aussteigt. In Nazareth findet er eine neue Leidenschaft: das Schweinezüchten …

Aus dem Französischen von Karin Ehrhardt

Die Originalausgabe erschien 2010 unter dem Titel »Les terres saintes« bei Éditions Stock, Paris.

Harry Rosenmerck an Rabbi Moshe Cattan

Nazareth, 1. April 2009

Sehr geehrter Rabbi,

seit ich beschlossen habe, nach Israel zu ziehen, um Schweine zu züchten, habe ich alle Ihre Instruktionen befolgt. Ich habe die Tiere auf Pfahlkonstruktionen untergebracht, wie bei den Hawaiianern, direkt über dem Meer. Nie hat auch nur *ein* Schweinefuß das Heilige Land betreten und wird es auch in Zukunft nicht tun. Es sei denn, Sie erklären sich damit einverstanden, sie für die Jagd auf Terroristen zu verwenden. (Im Übrigen habe ich in der *New York Times* des letzten Monats einen Soldaten der israelischen Streitkräfte mit einem Schwein an der Leine gesehen und, ganz ehrlich, ich finde, das macht unseren Ruf als hartgesottene Kerle kaputt!)

Ich bin ein Mann, der die Religion respektiert, auch wenn ich sie kaum praktiziere, und nie hatte ich die Absicht, Sie zu kränken.

Daher finde ich Ihren Brief ein wenig hart, und mich als »Hundesohn« zu beschimpfen, wird nichts an der Tatsache ändern, dass sich die israelischen Juden weiterhin mit Bauchspeck vollstopfen und dass ich ihn ihnen weiterhin verkaufe, in einem einzigen Restaurant in Tel Aviv übrigens. Ich für meinen Teil esse so was nicht, das ist mir zu viel Fett für meinen auch so schon überhöhten Cholesterinspiegel, und ich versuche ja auch nur, über die Runden zu kommen. Wenn *ich* ihnen kein Schweinefleisch verkaufe, werden sie es sich bei einem Goi holen. Die Eier mit Speck stehen auf der Speisekarte, Sie werden nichts daran ändern können. Die Leute finden das schick, wie Poule au pot oder Froschschenkel …

Wie ging nochmal diese Geschichte mit Schweineblut, Herr Rabbi? Erinnern Sie sich noch an die glorreiche Idee, das in Beutel abgefüllte Blut in städtischen Bussen verteilt aufzuhängen, damit die Terroristen, die sich in die Luft sprengen möchten, damit besprenkelt und unrein würden, auf dass das Paradies mit seinen zweiundsiebzig Jungfrauen ihnen verwehrt werde?

Wenn Sie es für mich hinbekämen, einen Vertrag mit den öffentlichen Verkehrsbetrieben an Land zu ziehen, müsste ich keinen Schweinespeck mehr verkaufen müssen.

Ich hätte gedacht, dass gerade Sie, mit Ihren politischen Ansichten, die sich von denen der anderen Rabbiner so wohltuend unterscheiden, und mit Ihrer geistigen Offenheit, Verständnis für mich hätten.

Kurzum, ich hätte Ihnen tausend Dinge zu sagen, die nichts mit Schweinezucht zu tun haben, aber ich weiß, wie beschäftigt Sie sind, daher werde ich Ihre Zeit nicht weiter in Anspruch nehmen und möchte hiermit erneut meinem tiefsten Respekt Ausdruck verleihen,

Harry Rosenmerck

Rabbi Moshe Cattan an Harry Rosenmerck

Nazareth, 3. April 2009

Sehr geehrter Herr Rosenmerck,

entweder halten Sie mich für einen Idioten oder Sie sind selbst einer. Es könnte auch sein, dass beides zutrifft und Sie von einer der beiden Tatsachen gar nichts wissen. Können Sie mir folgen?

Ach, Herr Rosenmerck!

Kommen Sie doch mal bei mir vorbei. Wir werden uns über den Talmud unterhalten und ich bringe Ihnen den Glauben zurück, der anscheinend einer merkantilen, ultrakapitalistischen Gläubigkeit gewichen ist. Ich werde Ihnen Punkt für Punkt in aller Kürze antworten, denn das Pessachfest rückt näher und ich habe viel zu tun.

1. Wenn jeder so denken würde wie Sie, gäbe es keine Moral mehr. Kein Gut mehr, kein Böse. Die Möglichkeit, dass ein Anderer Speck an USAVIV, dieses Restaurant für Degenerierte, verkaufen würde, befreit Sie nicht von dieser Sünde. Wenn Sie in einem Raum sind, in dem sich ein vor Hunger sterbendes Kind befindet, in Gesellschaft von neun weiteren

Menschen, und Sie essen sein letztes Stück Brot – dann können sie sich nicht damit rausreden, dass es sonst einer dieser Neun getan hätte: Sie waren es, SIE allein, der dieses Kind getötet hat.

2. Seit Langem schon glauben diese armen Palästinenser, die sich in Bussen voller Schulkinder in die Luft sprengen, an nichts mehr und noch weniger an Jungfrauen, die sie im Paradies erwarten würden. Sie bezahlen ganz einfach mit ihrem Leben die Versorgung ihrer Familien, dass sie ein anständiges Dach über dem Kopf haben und sich satt essen können.

Sie können Ihr Schweineblut behalten. Besser wäre es, die Steine aus unserer Trennmauer herauszubrechen. Nicht, um sie uns gegenseitig an den Kopf zu werfen, sondern um den Menschen anständige Häuser zu bauen.

3. Wenn Israel Wert darauf legen würde, was die *NY Times* und die anderen so denken, hätte es sich schon herumgesprochen. Wir sind das meistgehasste Land auf der Welt, manchmal zu Recht, manchmal, weil es eben so ist. Wir wollen nicht um jeden Preis gefallen oder für etwas gehalten werden, was wir nicht sind. Die Schweine sind recht nützlich für die Armee. Sie haben einen außergewöhnlichen Geruchssinn, und die Palästinenser, die in der Öffentlichkeit von einem Schwein berührt worden sind, können nicht mehr geopfert werden. Wir pfeifen auf das Bild, das die Soldaten mit den Schweinen abgeben.

Ich erwarte Sie in der Jeschiwa, dann können wir weiterreden. Waschen Sie sich vorher, um Himmels willen.

Der Ihre,

Rabbi Moshe Cattan

David Rosenmerck an Harry Rosenmerck

Rom, 1. April 2009

Papa,

ich höre nicht auf dir zu schreiben, auch wenn du schweigst. Um die Verbindung nicht abbrechen zu lassen. Um nicht eines Tages einem Fremden, der mein Vater wäre, gegenüberzustehen. Um dich nicht zu vergessen.

Bist du immer noch wütend auf mich? Wegen dieser kleinen Erklärung. Dieses kleinen Satzes, der meine Existenz verändert hat, aber doch nicht deine. Ja, ich liebe Männer. Im Übrigen sollte ich sagen, »einen« Mann. Ich habe eine Liebesbeziehung, Papa. Willst du nicht den Mann kennenlernen, der deinen Sohn glücklich macht? Willst du nicht mit mir reden, mich lachen hören?

Es ist seltsam, je seltener ich dich sehe, desto ähnlicher werde ich dir. Ich suche dich in meinen Spiegeln. Ich habe deine Haare. Die Wärme deiner Hände auf meinen, sogar im tiefsten Winter. Ich ertappe mich dabei, Rollkragen zu tragen, die ich als Kind gehasst habe und die du ständig getragen hast, als wir noch in London gelebt haben. Seitdem ich mir den Bart wachsen lasse, ist auf meiner Wange die gleiche babyglatte Stelle wie bei dir zu sehen.

Ich lege ein Foto bei.

Ich hoffe, du bist mit dieser komischen Geschichte glücklich. Wenn man bedenkt, dass ich nie ein Haustier haben durfte! Nicht einmal einen Goldfisch, du wolltest es nicht. Und jetzt bist du auf einmal Viehzüchter. Hast du Angestellte? Wie viele Schweine hast du? Sag mir nicht, dass du dich selbst um sie kümmerst. Trägst du Gummistiefel und Latzhosen? Mama sagt, du hättest kein Telefon. Ich glaube ihr nicht. Ich würde mich sowieso nicht trauen anzurufen. Das Schweigen auf Papier tut weniger weh. Wir sind nun alle voneinander getrennt. Mama, Annabelle, du und ich. Ich bin ein Puzzleteil auf dem falschen Kontinent. Oder vielleicht bist du es?

David

Monique Duchêne an Harry Rosenmerck

Paris, 2. April 2009

Lieber Ex-Ehemann und trotz allem Vater meiner Kinder,

ich will mich kurz fassen und dabei möglichst präzise sein. Du bist ein unverbesserliches Arschloch. Dein Sohn hat dir Hunderte von Briefen geschrieben, und du hast nicht einen von ihnen beantwortet.

Wenn du nur sehen könntest, was für einen Erfolg er bei den Premieren seiner Stücke hat, die Menschen, die begeistert applaudieren. »Ein Autor mit Genie«, das titelte *La Repubblica* nach der Vorstellung in Rom letzte Woche. Und er? Glaubst du, er hätte auch nur gelächelt? Nein. Den ganzen Abend, wie jedes Mal, hat er zur Tür geschaut statt auf die Bühne. Und gehofft, dich eintreten zu sehen.

Schrei ihn an! Streitet miteinander! Alles wäre besser als dein verdammtes Schweigen!

Andererseits möchte ich mich bei dir bedanken: Seitdem du die Schweinezucht aufgemacht hast, bin ich bei allen Pariser Diners mit von der Partie. Mit dieser Geschichte mache ich richtig Furore. Ich bin jedoch nicht gänzlich davon überzeugt, dass dies dem Antisemitismus den Garaus macht! Schweine als Terroristen-Spürnasen. Ha, ha! Wenn ich bedenke, dass ich deinetwegen konvertiert bin, und nun so was!

Erinnerst du dich an unser erstes Diner bei Cochonek? Wie gräbt man eine Goi an?

Meine Geschäfte laufen gut. Ich habe neue spannende und gut dotierte Fälle. Dem Herrn sei Dank, bei dem mickrigen Unterhalt, den ich von dir bekomme …

Habe ich dir schon erzählt, dass die alte Ziege Marine Duriet wieder geheiratet hat? Einen Russen. Keinen Juden. Einfach nur einen Russen. Und sie hat sich liften lassen; wenn sie lächelt, macht es krack.

Hast du Neuigkeiten von Annabelle? Das klingt hübsch: »des nouvelles d'Annabelle«, das könnte auch der Titel eines von Davids Stücken sein. Mir erzählt sie ja nichts. Ich glaube, sie ist traurig. Sie kommt bald aus New York zurück. Und beendet dann vielleicht ihr verflixtes Studium! Mehr als zehn Jahre Studium! Nach dem MBA will sie auch noch den Doktor machen … Wozu soll das gut sein? Sie soll uns endlich ein paar Enkelkinder machen!

Schreib deinem Sohn, ja? Sein Freund ist wirklich nett, *by the way*. Und benutze ein Telefon!

Monique

Harry Rosenmerck an Monique Duchêne

Nazareth, 6. April 2009

Liebe Monique,

das nennst du kurz? Dein Brief ist zwei Seiten lang, und du nervst.

Harry

Annabelle Rosenmerck an Harry Rosenmerck

NY, 10. April 2009

Lieber Papa,

ja, du hast recht, ich habe lange nicht geschrieben, verzeih mir … ich weinte, ich weinte um mein armes wundes Herz … Ich kann nicht glauben, dass Tränen, die verdunsten, an den gleichen Ort kommen wie das Meerwasser, der Regen oder das Wasser aus der Kloschüssel. Ich wünschte, es gäbe Fachärzte für Traurigkeit. Ich meine nicht Psychotherapeuten oder Akupunkteure oder sonstige Gurus. Richtige Ärzte, die den Herd der Traurigkeit aufspüren und ihn desinfizieren. Zuerst würde es weh tun. Dann würden sie ihn mit einer Art Paste bedecken, rosa wie Bonbons oder Mäusespeck für noch zahnlose Kinder, und statt mir würde die Traurigkeit ersticken. Und dann würde die Wand Risse bekommen und nicht mehr sein Gesicht haben und die Spiegel nicht mehr meins. Und ich würde den Liebeskummer-Arzt bezahlen, ich würde ihm alles geben, was er verlangt. Und ich würde meine Schuhsohlen aus Blei vor seiner Praxis abstellen, wie ein vergessenes Hollandrad. Die rosa Paste würde die Traurigkeit nicht auslöschen, es geht nicht darum, sie zu beseitigen, sondern darum, etwas Schönes daraus zu machen, Erinnerungen, über die man lachen kann.

Ich kann nur mit dir über meinen Herzschmerz reden. Mama will meine Freundin sein und David ist einfach zu schwul. Erinnerst du dich an den ersten Jungen, der mich traurig gemacht hat? Ich war etwa vier. Er mochte Esmeralda lieber. Ich hatte zu ihm gesagt: »Ich liebe dich, Didier, ich möchte deine liebste Freundin sein«, und er hatte mir geantwortet: »Ich mag Esmeralda lieber.« Das scheint die Geschichte meines Lebens zu sein. Dass hinter jeder Tür, die ich schüchtern öffne, sich eine Esmeralda verbirgt, bereit herauszuspringen wie ein Schachtelteufel.

Ich lief aus dem Kindergarten ins Freie. Ohne zu weinen. Ich hatte abgewartet, bis die anderen Kinder mich nicht mehr sehen konnten. Dann habe ich dir von meinen Liebeswunden erzählt und mir an deinem Hemd den Rotz abgewischt. Du hast mich getröstet, ohne viele Worte, ich vertilgte eine Waffel mit Puderzucker und dann haben wir im Auto gesungen.

Hier ist es kalt. Man könnte glauben, dass der Frühling gar nicht mehr kommen will. Er wartet vielleicht auf mein Lächeln, und ich, ich warte auf den Frühling.

Ich habe meine alten Gewohnheiten wieder aufgenommen. Ich mache Fotos, immer und überall. Anbei eine verwackelte Aufnahme. Und doch ist da irgendein Zauber. Dieses Foto, für mich ist es die Kindheit.

Wie geht es den Schweinen? Wenn du ein Telefon hättest, wäre es ein wenig einfacher, meinst du nicht auch? Wenn du an Schweinegrippe stirbst (ich weiß, hat nichts miteinander zu tun), wer wird mich dann benachrichtigen?

Ich drücke dich,
deine Tochter,

Annabelle

Harry Rosenmerck an Rabbi Moshe Cattan

Nazareth, 12. April 2009

Sehr geehrter Rabbi,

ich kann nicht in Ihre Jeschiwa kommen. Es ist nichts Persönliches, glauben Sie mir, aber ich habe so lange gebraucht, bis ich mir einen Farbfernseher leisten konnte, dass es mir jetzt schwerfällt, das Leben in Schwarzweiß zu sehen.

Man hat mich in der Schule als dreckigen Juden beschimpft. Da war ich fünf. Ich glaube nicht, dass meine Mutter das vorher mal erwähnt hatte. Ich war ein kleiner Junge, ihr Junge, aber jüdisch, ich hatte keine Ahnung, was das war. Ich bin nicht beschnitten worden, um nicht aufzufallen, wenn ich nackt bin. Man hat mir Deutsch beigebracht, damit ich in der Sprache des Feindes zurechtkomme und darüber hinaus, um die Philosophen im Original lesen zu können. Jude? Gewiss bin ich das. Gezwungen, mich euren uralten Ängsten zu unterwerfen und mit Frauen mit Perücken zu tun haben zu müssen, und mit euren schwarzen Gewändern und den Bärten, die bei dreißig Grad Hitze in diesen ersten Frühlingstagen schweißig glänzen, nein danke.

Ich danke Ihnen dennoch für Ihren Rat, mich zu waschen. Schweine zu züchten macht aus mir noch lange keins von ihnen, Ihr Mangel an Taktgefühl schon eher.

Wenn Sie über Schweine reden oder mir die Tefillin anlegen wollen, müssen Sie schon zu mir kommen. Oder vielleicht könnten wir uns auf einen Kaffee in der Stadt treffen?

Wenn man aus der Religion sein Leben macht, was weiß man dann vom Leben? Kommt es vor, dass Sie über Gefühle, über Ärger, Wut, Liebe sprechen und Gott dabei außen vor lassen?

Ich glaube nicht. Wie schade!

Mit dem höchsten Respekt, natürlich,

Harry Rosenmerck